我が心の博多、そして西鉄ライオンズ

岡田　潔

海鳥社

我が心の博多、そして西鉄ライオンズ◉目次

博多
純情編

純情編

博多

キネマのトモちゃん

玄界灘から吹きつける潮風に乗って、この街は特有の香りを醸し出す。潮の香りと、娼婦の白粉の匂いが微妙に入り混じる昭和三十三年の早朝、ボクはこの街を駆け抜けていた。

「お前、観たや、裕ちゃんの映画……」

「『俺は待ってるぜ』やろ」

「それは去年やろ……オイラはドラマー、ヤクザなドラマー、『嵐を呼ぶ男』たい！」

新聞配達仲間のトモちゃんが、自慢気にボクに映画の話を持ちかける。

この街には、遊廓と映画館がある。トモちゃんは大の映画好きで、「大浜劇場」の常連である。小学校を卒業して、中学校にも行かずに働いていた。朝の新聞配達を終えると、遊廓に住んでいるお姐さんたちの使い走りをして生計を立てている。大浜劇場に入りびたれるのは、どうやらお姐さんから頂ける招待券のおかげである。

「お前に券あげるけん、裕ちゃんば観とけ。オレも裕ちゃんみたいになるけん」

「トモちゃん、裕次郎のごと足が長うなかばい」

9　純情編 —— 博多

「バカタレが、裕ちゃんみたいなスターになるて、言いよるったい」

足が極端に短いトモちゃんが、裕次郎みたいにスクリーンに登場するなんて……。ボクのできる限りの想像力を駆使しても、到底考えられることではなかった。でも、この大浜劇場の椅子に一日座っているだけで、誰しもがスターを夢見ることができる時代であった。昼間は遊廓のお姐さんたち、夜は仕事を終えてのお客さんたちで、大浜劇場は常に大入り満員の映画館であった。

博多港の近くである大浜町は、昔から船員、行商人の往来する街である。そんな人たちの安息の場として、遊廓と映画館ができたのも十分納得できる。トモちゃんが、この街に住みついて四年になるという。トモちゃんの実家は佐賀、農業をやっているらしい。

「オレな、百姓だけにはなりとうなか。朝から晩まで、何で、あげん働かないかんとかいな……」

トモちゃんは、ことあるごとに、百姓を軽蔑している。そんなトモちゃんが、ある日を境に百姓の悪口を言わなくなったのである。大浜劇場で上映された、今井正監督の『米』を観てからである。

「裕ちゃんもよかばってん、江原真二郎もよか……」

トモちゃんの学校は大浜劇場である。裕ちゃんや東映オールスター映画の次郎長ものの話しかしなかったトモちゃんが、何だか、社会に目を向け、理屈っぽい話をするようになったのも、このころからである。

「灯台で働いている人はエラか。お前も人の役に立つ人間にならないかんぞ」

何のことはない、先週やっていた木下恵介監督の『喜びも悲しみも幾歳月』に早速影響を受けていたのである。

■

トモちゃんの、もう一つの学校は遊廓であった。ボクが新聞配達をしている地域は、大浜の遊廓街であった。朝の遊廓街は、夜の宴の余韻を残した静けさがあった。この街の一角を配達する時に高揚する気分は一種独特のものがあった。

「ごくろうさん。トモちゃんの友だちやろ」

「ハイ」

「トモちゃんに言うとって、最近うちのとこに来んけん、心配しとるけん」

最後の配達が終わって店に帰る時、二階の欄干からひょいと顔を出し、綺麗なお姐さんが声を掛けてきた。

「言っときます」

「頼んだヨ」

化粧の匂いのするチリ紙に十円玉を包んで、欄干から駄賃を放り投げた。

店に戻って早速、トモちゃんにこのお姐さんのことを話すと、

「お前、あの姐ちゃんは気をつけた方がいいぞ。あの姐ちゃんな、背中に刺青しとるとぞ。刺青しとる女は、ヤクザの女たい」

「女も刺青しようと？」

「せんせん。あの姐ちゃんだけたい。あの姐ちゃんとボボしたら、病気になるけん、注意した方がいいって……大浜劇場の源さんも言いよったたい……」

源さんは大浜劇場のモギリのオッサンである。四十ぐらいで、頭が禿げあがった助平そうなオッサンである。大浜劇場の非番の時は、中洲のピンク映画に通い、遊廓で遊ぶ独り者である。

「あの綺麗か姐さんが？」

「お前は、女ば知らんけん、分からんたい。オレは大浜の姐さんば、たくさん知っとるけん、分かるとぞ」

十一歳のボクには、分かるはずがない。トモちゃんは遊廓に働くお姐さんたちの買い物をしたり、身体をマッサージしてやったりで、彼女たちの身辺は、かなり詳しいらしい。

十五歳にしては大人びて見えるのは当然のことである。

「お前、外国映画、観たことあるか?」

「父ちゃんに連れられて、『OK牧場の決闘』ば観たことあるばってん。それだけたい」

「アメリカ映画も面白かばってん、ヨーロッパ映画もよかぞ。中洲の映画館で『道』やっとるけん、観とけ」

トモちゃんが、大浜劇場から、中洲の映画館に足を向け始めた時である。

「スターもよかばってん、やっぱし、映画は監督やね。フェデリコ・フェリーニはよか!」

そういえば、大浜劇場の源さんも言っていた。

「トモの野郎、外国かぶれになりやがって。この前、オレに聞きよった。映画監督になるにはどげんしたらよかね? 頭おかしゅうなったとやなかろうか……」

トモちゃんの洋画志向もどこ吹く風、大浜劇場は、石原裕次郎の主演映画『陽のあたる坂道』『紅の翼』『明日は明日の風が吹く』『風速40米』といった映画が当たりに当たり、連日の大入り。源さんの禿げ頭のヒカリ具合も上々。小便臭かった館内も、椅子の取り替え、トイレの改修で、少しは中洲の映画館並みになったとの噂が立ったころ、

「この前、刺青女のとこ、行ったらなあ……あの姐ちゃん、アメちゃんとアメリカ行ったげな。そういえばあの姐ちゃん、ゲイリー・クーパーのファンやったね。姐ちゃんの部

屋に、クーパーの写真がいっぱいあったもんネ」

トモちゃんは何とも羨ましそうな口調で、綺麗な刺青姐さんのことを話していた。トモちゃんも映画の都・ハリウッドに思いを馳せているに違いない。

そんなトモちゃんが、いよいよ決意する時がやってきた。使い走りしている娼婦のお姐さんのところに、東京の映画関係者が客としてやってきたのである。お姐さんが早速、映画好きのトモちゃんのことを話したところ、撮影所の雑用係だったら採用するということになったらしい。

「これからの時代は映画たい。オレの映画が大浜劇場で上映されるのも夢じゃなかばい」

「トモちゃん、スターになると?」

「バカモン、オレが監督でスクリーンに名前が出るったい」

「名前だけ？　トモちゃんの顔は……」

キラキラした眼を輝かせながら、映画への思いを語るトモちゃんが、大浜の街を去る時がやってきた。この日の大浜劇場には、石原裕次郎の『俺は待ってるぜ』の看板が掛かっていた。

「トモ、駄目やったら、いつでも大浜に帰ってこいよ。オレは待ってるぜ！」

源さんが寂し気にトモちゃんを送り出している。使い走りさせていたお姐さんたちも、

「トモちゃんの話聞けんごとなると、寂しかねえ……」

トモちゃんは疲れた身体のお姐さんたちをマッサージしながら、観てきたばかりの映画の話を、熱っぽく、まるで活動弁士のごとく、話していたらしい。「キネマのトモちゃん」と呼ばれ、遊廓では人気者だったらしい。

■

トモちゃんが東京に行ったあと、売春防止法が施行され、大浜の遊廓街も姿を消すことになった。その最後の日、昭和三十三年四月一日の朝の光景は、今でも鮮明である。ボクは、いつものように新聞を小脇に抱え、大浜の遊廓街の小路に入り込む。薄靄が立ちこめる小路の欄干には、お姐さんたちの姿がまるでスローモーションのように……。その欄干からスキンの雨が降ってくる。最後の夜をともにした客との想いを断ち切るかのように一つ、また一つ……。

「元気で、いい男になんしゃいネ」

いつの日か声を掛けられた刺青のお姐さんの欄干からは、年増の娼婦の声が聞こえてくる。

この日を境に大浜の街は、次第に寂れていく。大浜劇場の源さんも、身体を悪くしてこの街を去ることになる。

その後のトモちゃんの消息を知る者は誰もいない。東京で映画を撮ったという話も聞かない。

大浜の街はトモちゃんの街であったに違いない。もしかしたら、どこかの街で、大浜の遊廓と大浜劇場をモチーフにした映画の構想を抱き続けているに違いない。

川端ぜんざい

川端通り商店街。昭和三十年前後の夢のストリートである。親子連れで買い物を楽しむ者、買えないけれども軒先に並ぶいろとりどりの商品に思いを馳せる家族。きかん気であったボクなんぞは、自分が欲しいと思ったおもちゃの前で、希望の品を手にするまで一時間は泣き叫んでいたそうな――。

そんな時代がまるで嘘であるかのような今の閑散とした川端通りを目にすると、つくづく時代の流れを感じざるを得ない。小学校の時に母に連れられ、高校卒業するまで幾度となく足を運んだ「川端ぜんざい」。

この店の入口のドアを開けることは、期待とある種の恐怖感があった。店に入ると、以前は相撲部屋にいたであろうと思わせる威風堂々の兄弟三人の親爺が、無愛想に立っている姿が目に入る。中でも当時、「南海の黒豹」と呼ばれた「琴ケ濵《ことがはま》」によく似た親爺は怖かった。親に駄々をこねている子供を見つけると、鬼のような顔でジロリ。それでも収まらないと、ノソリノソリとやってきて、

「どげんしたとね？」

あの東映時代劇の悪役スターより何倍もの凄みで来られると、さすがの悪ガキも黙ってしまう。

しかし、この恐怖も、ここのぜんざいを食べ始めると思わずニヤリとしてしまう。ドロリとした汁に歯応え十分の小豆、上にのっかるふっくらとした大きな餅が胃袋を満たしてくれるからたまらない。帰る時には、あの憎っくき親爺も心優しき大黒様に見えてしまうぐらいの旨さなのである。

当時の店では珍しく、お冷やを出さない店でもあった。口の中一杯に広がる甘さを少しでも長く感じとって欲しいからなのか？　はたまた三人の長《おさ》であろう、いかにもケチそうで、「若秩父」（アンコ型の力士でユーモラスな仕草で人気があった）に似た親爺の方針なのか？

とにかくこの店はいつも満員であった。味もさることながら、実はもう一人の親爺が男前であったからかもしれない。時の人気力士・横綱「吉葉山」を彷彿とさせる顔と体、しかもこの親爺だけは人あたりもまあまあ、今思えばご婦人方の視線は皆一様にこの親爺に注がれていたような気がする。とするとボクらはオマケ？　いやいや、ここのぜんざいの味は今でもくっきり、はっきりと半世紀も経った今も記憶にあるのだから、やはり旨さゆえの繁盛ということにしておこう。

■

この川端通りの近くに店屋町がある。町名が示すとおり、数多くの卸し問屋がひしめいていたところである。その一角に「馬場新聞店」があった。ボクの少年時代はこの新聞店とともに育ってきたといっても過言ではない。

一つ上の兄の新聞配達を手伝ったのが小学校の三年の時。それから高校を卒業するまで、朝の新聞配達はボクの日課となったのである。

初めて兄にくっ付いていったあの日あの時の兄の仕事ぶりは実に新鮮であった。新聞を揃える時の魔術師のごとき手つき、重い新聞をたすきに掛けながらも軽快に走る姿。そして、郵便受けに放り込むために新聞をさらに二つ折りにするが、その時に鳴らす紙の音の、何と小気味よいものであったことか。キュキュー、まるで新聞が生き物のごとく、まだ明けきれぬ街の路地に鳴り響くのである。よし！　兄に負けない音を出してやろう。人間が何かをやりだす時の動機は単純なものである。

戌《いぬ》年であるボクは道を覚えるのが非常に得意であった。人が一週間かかるところを三日で覚えてしまうので、店の親爺さんは新しい区域をボクに与えてくれた。小学三年生としては異例の抜擢である。月末にもらうお金は、学費と小遣い銭をまかなうのに十分である。

万事うまくいきそうになると、えてして難題が降りかかってくるものである。当時はまだバラック風の貧相な家が多かった中、いかにも金持ち風、しかも洋風の瀟洒な家があった。こんな家には必ずといっていいほど番犬がいる。戌年のボクになぜ吠えるのか？　しかも敵意丸出しの吠え方なのである。世界のニュースをいの一番にお届けしている感心な少年に何たることか。しかもここの子供の同級生は、身なりはさすが金持ちという感じなのだが、鼻を垂らしてのボンクラ。それはいいとしても、お菓子の賄賂を使って悪ガキどものご機嫌をとっている姑息な奴ときてるもんだから、余計にこのワン公には腹が立つ。

動物も正直なもので、こちらが感情をむき出しにすればするほど、吠え方もエスカレートしてくる。さすがのボクも堪忍袋の緒が切れた。ボクの手作り秘密兵器・ゴム銃を使わざるを得なくなった。玉は強力ビー玉、いよいよ決戦の時来る！

その時以来、哀れなワン公はボクの姿を見ると尻尾を巻いてコソコソと犬小屋に退散するようになったのである。

ところがまさに口は災いのもと、友だちにゴム銃談義のついでにワン公退治の件をついつい話してしまったのである。この友だち、自分の親が決して買ってくれないであろうお菓子欲しさに、鼻たれ坊ちゃんに告げ口をしたのである。この家と親交があった販売店の親爺さんも万事休す。

川端ぜんざい
西鉄ライオンズ

「キヨシちゃん、あそこの犬は人間同然。うちが何べん謝っても、あんたをやめさせせんと許さんと言いよるったい。うちではもう働けん。本店の方に行かんね」

住吉の支店から店屋町の本店の方に移ったボクは、何だか出世したような気分であった。店内は広いし、働いている人たちの身のこなしが実にスマート。博多の町の中心街にあるせいか折り込みの数が多い。

このチラシをいかに早く新聞に差し込むかによって配達人の腕前が決まる。最初のころは人よりも早く起きて店に来ても、店を出るのはいつも最後という日が続く。よくよく観察してみると、皆手に指サックをしているではないか。早速使ってみるのだが、そうそううまくはいかない。

指サックが新聞のインクで黒くなりブチブチがほとんどなくなったころ、割と広い区域を任されるようになった。学年も小学校最後の年であった。旧博多駅から呉服町に延びる道路の右側に当たる地域。表通りは華やかな商店街が並んでいたのだが、一歩路地裏に入ると、博多庶民の生活の臭いがする典型的な街であった。

夕刊を配達する時間になると、どの家の軒先にも縁台が並び、世間話に花が咲く。そして、ラジオの野球実況放送が始まると、それはもう大変なもの。オラが最強の地元球団「西鉄ライオンズ」の戦況に一喜一憂。中でも酒屋の親爺は店の前にラジオを引っ張り出しての大応援。ライオンズの帽子を被り、手製のユニフォームを着、扇子をかざしながらの三三七拍子。その派手な振るまいで店の前はいつも人だかり。もちろん立ち飲みの酒も売れ行き上々であった。

そんな親爺さんが嬉しそうな顔をしてボクの配達する朝刊を受け取る時は、決まってライオンズが勝利した翌日であった。とりわけ印象的だったのは、この年、西鉄が日本シリーズで巨人に三連敗したあとに奇跡の四連勝をし、三年連続日本一になった翌朝のことである。一晩中飲み明かしたであろう真っ赤な顔でボクの渡す朝刊を手にするや、一面に写る稲尾投手に深々と一礼しながら、

「神様・仏様・稲尾様。ほんなごとすごい男たい！　あんたもあげな男にならんといかんばい」

ご機嫌な親爺は、強いライオンズの記事を日ごと運んでくれるボクに全選手サイン入りの手ぬぐいをくれた。裏にはしっかりと「野球は西鉄、酒の御用命は山田酒店へ」と印刷されていた。

■

この付近にはたくさんのお寺があった。配達の時、お寺を通り抜ければずいぶんと早道ができたのであるが、夜明けにうっすらと浮かび上がる墓地は、何とも薄気味が悪かった。

しかし、この寺々も暮れの十二月になると、ボクをウキウキさせるところとなるのである。

西鉄ライオンズで沸きに沸いた博多の町へ、その余韻冷めやらぬころ、今度はお相撲さんたちがやってくる。前の年に地方巡業から本場所に昇格した大相撲九州場所は、博多の人たちのもう一つの楽しみであった。この年の一月場所に水入り取り直しの末、「栃錦」に勝って優勝した「若乃花」が四十五代横綱に昇進。「栃若時代」の始まりの年でもあった。

この時期になると、早朝に布団から抜け出るのも苦にならない。配達のあと、お寺を宿舎兼稽古場にしているお相撲さんの早朝稽古が見られるからである。大通りに面した「万行寺」には躍進著しい二所ノ関部屋が陣取っていた。荒法師の異名をとる「玉乃海」、内掛けの名人「琴ケ濵」を筆頭に、その厳しい稽古ぶりには定評があった。

その日も朝刊の配達を終え、一目散に万行寺へ向かう。いつものようにたくさんの人だかり。といっても、我々は囲まれたシートの間から覗き込むことしかできない。小柄なボクは要領よく大人の間をすり抜けて特等席を陣取る。

この日の稽古は鬼気迫るものであった。一人の力士が竹刀で叩かれ全身みみず腫れ、眼は虚ろ。にもかかわらず数人の関取が寄ってたかって投げ飛ばしたり蹴飛ばしたり。挙げ句の果ては力士の命でもあるふんどしを脱がせてしまう。どうやらこの力士、酒を飲みすぎて朝帰りをしたらしい。華やか憧れしスポーツの世界の裏側を、初めて目にした日でもあった。

それにしても博多の酒はよほど人を酔わせるらしい。この年の場所後に人気力士の「若秩父」が中洲のキャバレーで客を殴り、「あれから心配で、体重も減った。酒を飲むのが怖い」と小さくなっている彼の記事を載せた新聞を万行寺に配達した記憶がある。

それから数年後、スラリとした色白の美男力士をこのお寺で目にするようになった。のちの名横綱「大鵬」である。

■

この地域も博多駅の移転とともに次第に寂れていく運命にあった。新博多駅は六〇〇メートル下がっただけなのに、人の流れは一変してしまったのである。そしてボクの少年時代をともにした街も、区画整理のために姿を消すこととなった。

そんな時期だったと思う。引っ越しのため新しい家が川端通りにも遠くなるということで、母と一緒に川端ぜんざいを食べにいくことになった。久しぶりのぜんざい、それと三兄弟の親爺の元気な顔を楽しみにしていたのだが、「本日休店」。

その後、あの見事な体重を維持できなくなったのか、休業の日が多くなったとか……。もちろん川端通り商店街の寂れも原因しているのかもしれない。

でも、三人の親爺さん！　あの日あの時の、あの美味しさは、西鉄ライオンズの強さ、琴ケ濵の内掛けの上手さに優るとも劣らない夢のぜんざいでありました。

旧博多駅前物語

現在の博多駅から前方六〇〇メートルのところに、旧博多駅があった。この一帯は、九州のまさしく玄関口であり、さまざまな人たちが行き交う繁華街でもあった。もちろん駅の真裏にあった末広長屋の住民の生活の場、遊びの場でもあった。

「眼ばあけんネ」

まだ薄暗い夜明け前に、母に連れられ、駅前の繁華街の一角にある「金光教」の館で一日が始まる。赤い鳥居立ち並ぶ、曲がりくねった迷路道をくぐり抜けたところに、その館はあった。

「ここに座るだけで、幸福になるけんネ。おとなしゅうしんしゃいネ」

神さんの服を着たおばさんが、いつもの口調でいつものように、不可思議な、ポカーンとしたボクの顔を見ながら話してくれる。周りを見渡すと、皆一様に思い詰めた様子。ボソボソ、ヒソヒソと何やら身の上、身の下相談があちこちで始まったらしい。

ボクの母が一年間ばかり、ここに通ったのには理由があった。終戦と同時に大陸から引き揚げてきて、末広長屋に住み始め、父の商売も順調に行きかけたおり、詐欺に引っかかり倒産。一家七人の運命はいかに？　終戦後のドサクサの中、よくある話である。そんな家庭に忍び込んでくるのが神様である。

「金光大神の教祖さんの話を聞けば、キヨちゃんの頭も良うなるとヨ」

末広長屋でも情報通のおばさんが、持ってきた話であった。つい一カ月前は、

「これからは学会の時代たい。早よせんと、学会員の定員があるけん、打ち切られるとよ……急がんと！」

末広長屋にも創価学会の波は怒濤のごとく押し寄せていた。早朝から夜遅くまで末広長屋の通りには「南無妙法蓮華経」の念仏がこだましていた。

そんな情報通のおばさんが、今度は金光教の勧めである。

「頭良うならんでもよか。創価学会の少年部の会合に行ったら、飴ばもらえるけん。頭より飴の方がよかたい」

「キヨちゃん、金光教は、ボタ餅たい。中村屋のアンコの入った……」

ボクの頭の中は、あのトロける「中村屋」のアンコで一杯であった。博多駅前にある中村屋は、ボクたち子供にとっては手の届かない老舗の店であった。中村屋のボタ餅を食べられるなら、どんなことでもできる。当時の神さんは、まず空腹の少年の心から活動の輪

を拡げていったのである。「赤い鳥居をくぐり抜けると、そこにはボタ餅があった……」。

そんな期待も、母に連れられた最初の日に、見事に裏切られることとなった。

「ボタ餅は？」。座高の高い大人たちの隙間から見上げる金光教の神棚からもボタ餅は落ちてこなかった。

■

母との金光教通いも、幻のボタ餅以来、次第に遠退いていく。そんな時、今度は商売に失敗した父が、金光教に通ずる、赤い鳥居の入口のところに露店を出すことになる。

博多駅前の中村屋から左に流れる通りには、数多くの旅館があった。その中の旅館「東洋館」の人との交渉で、焼き芋屋を始める。東洋館に出入りする人たちの職業は様ざまであり、それぞれのドラマを抱えながらの玄関口でのやりとりは興味深いものであった。

ボクの手伝いは、燃料とすべき木々を集めることであった。近くの果物屋の箱をつぶしたり、建て替えの家からの廃材を拾ってくるのだが、しょせん子供のやること、たいしたことはできない。

「キヨシちゃん、これ持っていきんしゃい」

ある時、東洋館の風呂焚きの兄さんから廃材をもらったことから、ヨシさんとの付き合いが始まる。ヨシさんは二十二歳。筑豊の出身である。中学を出て東洋館で働いている。

ヨシさんの仕事は雑用係で、全面的に任せられているところが風呂場であった。

「旅の疲れは風呂が一番たい……」

数ある駅前旅館の中でも、人気のあった東洋館のその秘訣は、ヨシさんの風呂焚きの技術にあったのかもしれない。そんなヨシさんの唯一の楽しみが、東洋館の目の前にあった「ハカタ映劇」での映画鑑賞であった。

当時、博多駅前には「ナショナル映劇」と「ハカタ映劇」とがあった。ナショナル映劇はピンク映画の専門館であり、旅人、商人の一服の清涼剤的な役割を担っていた映画館であった。一方、ハカタ映劇は「駅前ビンゴ」という名の賭博遊技屋と飲み屋の間の奥まったところにある映画館にもかかわらず、時として、キラリと光る名画を上映していた。

「オードリー・ヘプバーンよか。グレゴリー・ペックも格好よか」

ヨシさんがハカタ映劇で観てきた『ローマの休日』の話を何度もしてくれた。

「オードリー・ヘプバーンがおってくさ、広場にあるライオンの像の口の中にグレゴリー・ペックが手ば入れたら、手が出てこんとぞ、オレもびっくりしたくさ。そしたら、グレゴリー・ペックが袖の中に手ば隠しとるったい。それが出てきた時のオードリー・ヘプバーン、可愛いか……」

「ヨシさん『ゴジラ』観た？」

博多駅前
東洋館

「あげな、子供だましの映画、観るか！」

ボクが観た『ゴジラ』の映画の話は全然取り合ってくれない。

「そんじゃー『笛吹童子』は？」

「あれは面白か、中村錦之助がよかたい」

どうやらヨシさんの映画の良し悪しは、美男・美女俳優の出演で決まるらしい。

そんなヨシさんが恋をした。相手は、すぐ近くにある「三好屋」で働く店員さんである。

この三好屋のパンは、末広長屋の住民でも十分手が出せる、美味しく庶民価格のパンであった。

「今日は、三好屋のパン買ってくるたい」

皆、その一声で、その日一日がどんなに楽しく、明るく思えたことか。三好屋の焼くパンの香りから西洋の匂いを感じたのかもしれない。

■

ヨシさんが三好屋の店員さんと知り合う縁は、あの金光教である。金光教に届けるパンの配達途中に東洋館がある。

『ローマの休日』以来、ヨシさんにとっての当面の課題は、自分のオードリー・ヘプバーンを見つけることであった。父が東洋館の前に露店の焼き芋屋を出して半年、三好屋の店員さんも、よく焼き芋を買いにくるようになっていた。ヨシさんの彼女となるユキちゃんも、金光教への届けの帰りに立ち寄っていた。

「キヨシちゃん、三好屋の店員さんで、いつも赤い鳥居を行ったり来たりしている女の人に、オレからいうて、焼き芋あげとって……」

そんな台詞を残した二カ月後、ヨシさんがユキちゃんを連れてハカタ映劇に入るのを、ボクは目撃する羽目になるのである。

「キヨシちゃんのおかげたい。ユキちゃんとうまくいきよるたい。ユキちゃんも田川の出身で話も合うたい。今度は、平和台球場に野球見にいく約束ばしたったい」

ヨシさんの顔は百万ドルの笑顔であった。しかしユキちゃんとオードリー・ヘプバーンとの共通点は、何とも見い出すことはできなかったのであるが……。

それから数日後、

「キヨシちゃん、いいもん見せてあげるけん。キヨシちゃんには、本当に世話になったけんネ」

そう言って、ヨシさんに連れていってもらったのが自分の職場である。ボクの手を取り、案内してくれたのが、女性の風呂場であった。風呂場といっても、風呂場が覗ける板戸の小さな穴である。

「オンナのオッパイと毛、見えた？」

嬉しそうにボクに話しかけるヨシさんの顔は、映画館で見る、若い娘に襲いかかる痴漢と瓜二つであった。

この年、平和台球場が沸きに沸き、とうとう西鉄ライオンズがパ・リーグ初優勝に輝くことになる。ヨシさんとユキちゃんも、熱い球場で熱い恋を実らせたと思いきや、西鉄ライオンズ、初の日本シリーズ、中日ドラゴンズとの戦いに敗れると同時に、その恋も泡と消える。

ヨシさんが東洋館を追われる身となったのである。ユキちゃんへの熱い想いが、身の破滅へと突き進む。というのは、ハカタ映劇で二人で観た映画、マリリン・モンロー主演の『百万長者と結婚する方法』が原因であるらしい。

この映画を観たあと、パン屋で働いていたユキちゃんも、映画と現実の見境がつかなくなったらしい。夢見る夢子ちゃんに変身してしまったのである。それに必死に応えようとするヨシさん。がしかし、ヨシさんはしょせん東洋館の風呂焚きでしかない。どう考えても、手を尽くしても、百万長者にはほど遠い存在である。

そこで苦肉の策として、職場を利用したのであった。女風呂を覗かせることによって、小遣い銭稼ぎを思いついたのである。泊まり客、知人に声を掛け、駄賃をもらうのが発覚し、クビとなったのである。

ヘプバーンというよりコッペパンに近い顔形のユキちゃんは、どこ吹く風。三好屋の店員として相変わらず金光教へパンを届ける元気な姿を何度か見かけたことがあった。百万ドル長者は何もヨシさんでなくともよかったのかもしれない……。

■

それから数年後、新博多駅の建設計画が打ち出され、急速にこの一帯が寂れてゆくこととなる。東洋館の玄関に休館の貼り紙が出され、ハカタ映劇も客足が遠のいていく。その中で、美味しいパンを焼き続ける三好屋だけが西洋文化の香りを保ちながら、庶民の胃袋を満たしてくれる。

今日は、三好屋が開発したアンパンの特売日である。

「ユキちゃんは?」

「ああ、ユキちゃんネ。何か、創価学会に入って、折伏《しやくぶく》活動で今日も休んどうごたるネ……」

時代は確実に変わっていた。そういえば、金光教に通じる赤い鳥居の色も、ずいぶんとくすんできている。ふと見ると、「東洋館　休館」の貼り紙の横には、「創価学会会長、戸田城聖来たる!」の貼り紙がヒラヒラと、木枯らしに吹かれていた……。

ガラの広っぱ

「ガラの広っぱ、今日行くとや?」

「行ってもよかばってん、昨日、ゴロば捕りそこなってキンタマに当たって、小便する時に痛かけん、どげんしようか……」

「もう一回ボールがキンタマに当たったら、治るばい」

「誰がそげんこと言うたとや?」

そんな会話を交わしながら、ボクら野球少年は「ガラの広っぱ」にボクらの夢を託していた。

末広長屋の一本道の突き当たりに銭湯があり、その左側にガラの広っぱがあった。石炭の燃え殻（ガラ）を捨ててできあがった広場は、格好の遊び場であった。母親に無理算段して作ってもらった布製のグローブを手にして、学校が終わると一目散にこのガラの広っぱに集まったものである。

「下手クソ、腰落として捕らんかい!」

銭湯帰りのオッチャンが気楽に飛ばす野次を受けながらの練習風景であったのだが、ボクらは真剣そのもの、誰しもが未来の西鉄ライオンズの選手を目指していたのである。

「今日は打たしてくれるとかいな？」

「ゲンちゃん来たらよかばってん……」

ボクらチビッコには、その日のスケジュールはまるっきり分からない。できることならバッターボックスに立ちバットを振ってみたい。たとえデコボコだらけのグラウンドであろうとも、母親が夜なべして作った布製のグローブでゴロを捌いてみたい。

こんなささやかな願望も、その日集まった年上のメンバーによってすべてが打ち砕かれた。

「キヨシ、お前外野守れ！」

鉄工所のテッちゃんが、ボクに命令を下す。外野といっても、実はボール拾い。レフトの守備位置ならまだしも、運悪くライト。なぜならば、このガラの広っぱのライトの後ろは、その当時にしてみれば、この近辺では珍しい大庭園付きのお屋敷。下手クソの打ち損ないの打球がこのお屋敷を直撃すると大変なことになる。

お屋敷に打球が飛び込むと、ついさっきまで盛り上がっていた雰囲気も一瞬にしてシュン。みんなの視線がライトの守備位置にいるボクに注がれる。この日のリーダー格である強気のテッちゃんもさすがに「キヨシ取ってこい！」とは言わない。それもそのはず、テッちゃんが打ち込んだ打球である。みんなの懇願するがごとくの視線に耐えかねてお屋敷入りを決意する。

なぜこのお屋敷が鬼門であるのか？　このお屋敷の親爺の顔がまあ恐ろしいこと。度重なる打球の侵入に、何もなくとも鬼瓦の様相が、見る間に赤鬼瓦に一変するのである。そのうえにキンタマが縮みあがらんばかりの怒声。一度体験した者ならば、二度と体験したくない恐怖の瞬間である。

これだけならばまだしも、ボクが生きた心地がしないのは、この家に放し飼いにされているデッカイ犬である。気づかれないように、庭に張りめぐらされた鉄条網をくぐり抜けながら侵入するのだが、見つかったら最後、ガブリとやられるか、鉄条網と庭の間にある池の中に飛び込み、ズブ濡れになってしまうか。これだけの条件があれば、誰しもがしらけた沈黙を守る以外に手はないのではなかろうか……。

「お前、ほんとに行くとや？」

心配してシゲちゃんが声を掛けてくる。唯一、ボクにとっての救いの道は、このお屋敷のボンボンとクラスが同じであり、授業中に何度もテストの答えを教えてやったことである。

鬼瓦

「タケちゃ〜ん」

呼べど叫べど頼りのボンボンは出てこない。縁側のある部屋からは鬼瓦の親爺の顔がチラリ、チラリと警戒注意報。

「シゲちゃん、鉄条網のところに立っとうて」

創価学会の猛烈なる信者である母親を持つ同級生のシゲちゃんに囮を頼む。鉄条網のそばでシゲちゃんに「南無妙法蓮華経」を唱えてもらっておけば難を逃れられるのではなかろうか。シゲちゃんのお母さんがボクに会うたびに、

「キヨシちゃん、願いごとがあったらいつでも南無妙法蓮華経〜、何回も何回も、口の中で唱えんしゃい。必ず叶えられるけんねえ」

週末になるとシゲちゃんの家に集まって、「創価学会の歌」やら、なぜか「同期の桜」やら歌いながら、創価学会の話をよく聞かされたものだ。

「早く学会に入らんと、定員になって締め切られてしまう！」

そんなせわしい言葉が飛び交う中、ボクがシゲちゃんの家に行ったのは、お菓子がもらえるからであった。神様は、子供を甘いお菓子で釣っていたのかな？　そんなことはどうでもいい。ここはシゲちゃんの「南無妙法蓮華経」漬けにされた神通力に頼るしかない。

鉄条網をくぐり抜けると、次の関門である、大きな池が待ち構えている。池の中に入る

と、ボクの窮屈そうな姿をあざ笑うかのように、大きなカメがすいすいと泳いでいる。いつかタケちゃんが、このカメに小便ひっかけて、鬼瓦の親爺に「チンポが腫れるぞ！」と脅かされたことを話していたことがある。

庭にたどり着くと匍匐《ほふく》前進、ボールの飛んでいった方角に進んでゆくのだが、トゲは刺さるし、畑にまき散らした肥《こえ》の臭いは強烈だし、立ち上がりたいところだが、鬼瓦と犬のことを思うとそうもいかない。案の定、家の縁側の方を見やると鬼瓦の親爺がシゲちゃんの動向を警戒している様子。シメシメと視線を前にやると何と！ 二メートル先に我らの白球があるではないか。みんなの喜ぶ顔が目に浮かぶ。匍匐前進の肘にも力がこもる。その瞬間、顔全体が汚臭にまみれる。目指す白球の手前に小さな肥え壺があったのである。

無事持ち帰ったボールにみんなは感謝していたのであるが、なぜか素直に喜べないおかしさと、クソまみれのボクにさすがに近づきがたい雰囲気があった。そんな中でテッちゃんが、

「キヨシ、おまえ明日はサードやってみらんか」

夢にまで見たサード。この一言で、クソまみれのボクも生き返った次第である。明日はボクもガラの広っぱの中西太になれる……。

■

夕暮れになると、末広長屋の路地裏に鳴り響くゲンちゃんのお父さんの浪花節。「♪旅行けば、駿河の国に茶の香り～」。広沢虎造ばりのノドは、大好きな酒も入りなかなかの名調子。しかしながら、酒が入りすぎ、途中から蛮声に変わることもしばしばであった。そんな時にまだ高校生であったゲンちゃんは、まるで自分が父親のごとくたしなめるのであった。

テッちゃんは中学を出て家業を手伝っているのだが、いつも皆に「馬鹿、うすのろ、間抜け……」と罵られている。そのうっぷん晴らしがテッちゃんにとってはガラの広っぱなのである。

テッちゃんとはエライ違いである。向かいの鉄工所のテッちゃんとはエライ違いである。

「なんばしようとか！　馬鹿、うすのろ！」

ボクたちにそっくり返ってくるからたまらない。

「キヨシ、お前まだキレのグローブか。だけんゴロば捕れんったい……」

ワセリンでせっせと磨きをかけた革のグローブを自慢気にチラつかせながら、ピッチャーマウンドからよく嫌味を言われたものだ。

このテッちゃん、女の子には全然モテず、そのシワ寄せも当然ガラの広っぱに叩きつけられた。鉄工所の仕事柄か、顔は脂ぎってギトギト、食欲が旺盛なのであろう、いつも口がモゴモゴと動いている。その仕草でまるで巨象のごとき体格。その栄養分は、どうみても頭の方には回っていないらしく、ほとんどは下半身に蓄積されているらしい。

「お前たち、ボボしっとうや？　気持ちよかとぞ……」

捌け口なき性欲をチラつかせながらボクらに語りかけてくるテッちゃんは、新聞に出ていた婦女暴行犯人にそっくりであった。

そんなテッちゃんよりゲンちゃんのリーダーの方に人気が集まるのは当然である。ゲンちゃんは、ボクら末広長屋少年の憧れの人である。

「野球の基本は、ボールを好きになること。バットを自分の身体と思って大切にすること」

いつも優しい笑顔でボクら下っ端の者にも、目をかけてくれる。試合の時は四番バッター、ボクの大好きな大下弘のバッティングフォームに瓜二つときてるもんだから、余計に尊敬してしまう。

今日は、そのゲンちゃんが指導する日だ。いつもはゴロ拾いがほとんどで、守備練習なんぞはほとんどさせてもらえないボクらにとって、光輝く日である。

「ガラのせいじゃなかとぞ」

デコボコだらけのガラに転がる打球を捕球することは至難の技である。捕り逃がしたり、トンネルした時には、絶好の言い訳になる広っぱでもあった。

「ボールから最後まで目を離すな！　野球を馬鹿にするな……この広っぱで野球できることに感謝せんといかんばい」

ボールが見えなくなるまで手取り足取り教えてくれるゲンちゃんに、ボクは野球がただ単なる遊びではなく、生きることの原点であることを教わったような気がしてならない。

「広っぱがないと野球もできんしね、ボールを投げる人がおらんとホームランも打てんし、みんなのおかげたい」

真っ暗になったガラの広っぱを後にする時に必ず一礼していくゲンちゃんの姿は、黒沢明監督作品『七人の侍』の宮口精二扮する侍を思い出させる。

ガラの広っぱが野外映画館になる時がある。毎年夏祭り、この広っぱに野外スクリーンが立てられ、朝からゴザを持ってきて場所取りが始まる。この日はもちろん、いつもの野球は中止である。今日はテッちゃんも、タケちゃんも、シゲちゃんも、ボクも、皆が石原裕次郎、小林旭、赤木圭一郎になりきる日だ。ガラの広っぱが今宵一夜、銀幕のスターにしてくれる。

ガラの広っぱがボクらに夢を与えてくれた昭和三十年の話である。

キネマの攪乱

福岡県福岡市人参町。さぞかし昔は人参畑で賑わっていたのだろう……。時は変わって、昭和三十五年前後。この街は娯楽を求めて来る多くの人で賑わっていた。

「宝劇場」、街の近辺に住む人にとっては、まさに宝の山である。石原裕次郎、小林旭、赤木圭一郎、浅丘ルリ子。片や東映△マークの中村錦之助、東千代之介、片岡千恵蔵などなど、宝の星を観たさに劇場へと押し寄せた次第である。

ボクのお目当ては何といっても、あの小林旭。ギターを抱え、風のように現れては、につくき悪者をコテンパンに叩き付け、すがる女には何の未練をも残さず、また風のようにいずこへと去っていく。一体あの人はどこで生まれ、どこで育ち、家族は？　そんな素朴な疑問をも次回作への期待に繋げていく荒唐無稽さが、ボクをぐいぐいとスクリーンへとのめり込ませたのかもしれない。そして、あの甲高い旭の歌声は、物のない時代に、なぜかしら安堵感と希望をもたらしてくれた。

当時は、映画館を出ると誰しもが旭になったり裕次郎になりきったものだ。短い脚で裕ちゃん風の歩き方をしても、しょせん無理な話と分かりつつ、ついつい真似してしまう男心。中には音痴と知ってか知らずか、声高らかに旭の歌を歌いながら颯爽と劇場から出てくる者もいたのである。

ボクがその気になったのは旭ではなく、片岡千恵蔵の「多羅尾伴内探偵シリーズ」である。「ある時は片目の運転手、ある時は船乗りの船長、そして、ある時は……」、一枚そしてまた一枚、ドスの利いた千恵蔵節に合わせて、仮の姿を剝がしていくその瞬間に何度身震いしたことか。そして、いよいよ大詰め、「しかして、その実体は正義と真実の使徒、藤村大造！」、スーツとハットでビシッと決めて、片手には拳銃。「待ってました！　大統領！」、場内割れんばかりの大拍手。この当時の映画のほとんどが勧善懲悪物であったのだが、この多羅尾伴内シリーズには子供の変身願望を搔きたてるに十分すぎるモノが盛り込まれていた。

■

ボクが住んでいた末広町にも、渡り鳥と多羅尾伴内にすっかり取りつかれた人物がいた。路地裏から薄汚れたハットと、古物商からさぞかし値切りに値切って手に入れたであろうコートを身に着けて、ただただ子供たちを驚かすことのみを生き甲斐にしていた松ちゃん。日ごろは家業である鉄屑屋の手伝いをしているのだが、彼の変身願望と対人脅かし症が頭をもたげると、職場を放棄してボクらのアイドル、そしてある時は脅し魔として、日ごと夜ごとボクたちの前に出没していた。

手にする拳銃がなかなかの傑作品。家にある鉄屑の中のものをうまい具合に組み合わせ、ハンダでくっつけ、最後はヤスリでピカピカに磨きあげる。ボクもしばしば小遣い銭稼ぎで、旧博多駅の引き込み線に並んだ貨車の中から、鉄屑を盗んでは松ちゃんのところへ持っていったものだ。ほぼピストルの形をした鉄屑を持参した時なんぞは、あとでおまけのお金をくれた。これに味をしめた少年たちは、他の鉄屑には見向きもせずに、ただただピストル形鉄屑に目がくらむ。ついには安全地帯を踏み外し、鉄屑少年部隊全員が学校の廊下に立たされたこともあった。もちろん、松ちゃんも父親に大目玉を食ったそうだ……。

松ちゃんが宝劇場に行く時は、必ず彼女と一緒であった。キャンディー屋の娘さんで、松ちゃんにはもったいないくらいの色白美人である。

ある時、妙な噂が立った。映画館に入ると松ちゃんたちは、いつも前から二番目の席に座る。近眼のため、そして何よりも映画の中に自分自身をのめり込ませたい思いのためだと……誰もがそう思っていた。

ところが、どうも様子がおかしい。時々松ちゃんの姿が見えなくなったかと思えば、彼女も隠れてしまう。こんな時には、肝心の映画のことよりもその場で起きた事実の方に興味がそそられる場合が多い。しかも男と女のナニとくれば想像力はなお一層高まってくる。いったん噂になったナニは尾ヒレが付いてしまう。軽いキスから始まって最後には、お互い素っ裸になってナニしたことになってしまった。嘘か真実か知らないが、くしゃみとナニの声を交互に聞いたという者まで出てくる始末。

さすがの松ちゃんもここまでと思いきや、中学時代に野球部で養われた根性は半端じゃない。三年間、一度もバッターボックスに立つこともなく、ただひたすらに球拾いと掛け声に明け暮れた伝説の人なのである。掛け声で潰した声は「ある時は……」にきっちりと活かされているし、大人の噂に動じないのは球拾いを通じて体得した忍耐力からかもしれない。

しかし、松ちゃん演ずる多羅尾伴内にも終演の時がくる。町内の人たちの白い目にもめげず、いつものように路地裏から現れ、いつもの台詞を喋くり、いよいよ大詰め「しかして、その実体は……」、ボクらの興味は、今日はどんな拳銃が出てくるか？　息を潜め固唾を飲んでいたその瞬間、誰かが、

「……ボボの松ちゃん！」

松ちゃんの顔は瞬時に凍てつき、その言葉を発した子供を恨めしそうに見つめながら悲しみへと変わっていった。ボボとは博多の俗語でナニのことである。

ある時は……
そして
その正体は……
松ちゃん

その後、再び松ちゃんの姿を見た者はいない。いつだったか、なぜか残された彼女が路地裏のところでポツネンと佇んでいるのを見かけたことがある。もしや、この薄暗い路地裏から松ちゃんが本物の拳銃を手にして私を助けにきてくれるかも……。日々冷え切ったキャンディー工場で働く彼女にとって、この熱い思いこそが唯一の生きる糧だったのかもしれない。

■

宝劇場が生み出したもう一人の影のヒーローはノッポさん。年齢は二十代後半。当時の若者の中にあって一メートル八〇という身長は、何もしなくとも一際目立つ。

しかも、このノッポさん、生来の目立ちたがり屋。小林旭扮する「渡り鳥シリーズ」を観てからというもの、この性分になお一層の拍車がかかる。華奢な身体つきに長い脚、小さな顔とくればそのものズバリといいたいところだが、天は二物を与えず。顔は松竹新喜劇の藤山寛美に瓜二つ。そんな彼が旭の真似をするたびに、ボクらはよく腹を抱えて笑ったものだ。しかし、いったん彼がギターを爪弾き、「♪赤い夕陽よ～」渡り鳥シリーズのテーマソングを歌いだすと皆一様に聴き惚れてしまう。寛美の顔と旭の声、この落差に思わず吹き出しそうになるボクは、目を伏せながらじっとこらえて聴いたものだ。

国鉄マンであった彼にビッグニュースが舞い込んできた。関川秀雄監督、三國連太郎主演による東映映画『大いなる驀進』が博多駅でロケされることになったのである。さあ大変、今まではただひたすらに五十円の入場料を払ってスクリーンを憬れ観続ける人だったのが、もしやあのスクリーンに自分の姿が映るかもしれないのである。

実はこのビッグニュース、我が家でも大変な情報であった。この当時、周りの男衆は一様に皆東映、日活、大映、東宝各社のスター女優にほの字であった。なのにボクの父はなぜか見向きもせず、ふらり映画館に行き、淡々と観てきた映画の感想を語るだけであった。

そんな父が博多駅でのロケに会社を休んで行きたいと言いだしたのである。母に話している内容だと、どうも以前から三國連太郎のファンであるらしい。そういえば、一度夕飯の時、その日観てきた石原裕次郎主演による日活映画『鷲と鷹』（井上梅次監督）の感想を語ったあとにポツリ、

「あの裕次郎と一緒に出とった男、ありゃなかなかよか……。あげな俳優だったらジョン・ウェインやゲーリー・クーパーにも負けんばい」

そしてご飯ともどもその俳優の味を噛みしめるためであろうか、何度も何度も頷いていた。

その俳優が三國連太郎だったのである。普段は物静かである父も、こんなチャンスは二度と来ないと察したのか、大変な入れ込みようであった。

いよいよロケの日がやってきた。父は仮病を使って会社を休み博多駅に行く。当然のことながらノッポさんも協力というかたちでロケ地に駆り出された。というのもこの映画は、三國連太郎演ずる特急列車の車掌の活躍を描いた日本国有鉄道マン物語なのである。ノッポさんは普段通り駅員として、父は乗客の一人として、今はなき旧博多駅で人生最良の日を過ごしたのである。

後日談として父いわく、その日のロケーションがどんな場面であったのか、どんな台詞を喋っていたのか一切分からなかったらしい。ただ三國の連ちゃんの一挙手一投足の件《くだり》は、やけに詳しかった。さぞかしボーッと見物人気分でロケ風景を見ていたのであろうか、スタッフの一人にこう言われたそうである。

「君、旅のお客がたかが一車掌を珍しそうに見るわけがないだろう。さあ歩いて歩いて……」

父も負けずに言葉を返したそうだ。

「連ちゃんの男振りにゃ誰でん足が止まるばい」

父がエキストラながら初出演した映画を、いつもの宝劇場ではなく、中洲の封切り館に家族で観にいった。いつ出てくるか、いつ出てくるか……。白いスクリーンに穴を開けんばかりの思いで観続けるが、最後まで父の雄姿を見出すことはできなかった。でも父は映画館を出てからも終始和やかであった。

■

ボクが今思うに、父は本当は姉妹映画『大いなる旅路』で三國扮する機関士の妻を演じた女優「風見章子」にほの字だったのかもしれない……。この年から四年後に、五十二歳で逝ってしまった父にその真偽を聞く術はない。

一方のノッポさんはどうだったか？ さすがにノッポさん、あの雑踏の中で目立たないわけがない。何とも嬉しそうな顔をして、スクリーンの中に立っていた。

しばらくは、時の人となっていたのだが、こちらもあの松ちゃん同様、いつのまにか街からいなくなってしまった。噂によると、第二の「旭」を夢見て東京に行ったそうだ。

渡り鳥は、季節になると再び同じところに帰ってくるというが、ノッポさんのその後は誰も知らない。

多くの人たちに夢とロマンと活力を与え、松ちゃん、ノッポさんたちの人生をも変えた「宝劇場」は、その後、市の区画整理の煽りを受けて閉館。それはあたかも映画産業が斜陽に向かう象徴的なできごとでもあった。

球友

日本では野球が盛んだが、何でたかが球と棒のゲームに国民の多くが一喜一憂するのだろうか？　しかも、人のいないところに球を転がし勝負を決する、せこくて嫌らしいスポーツなのに……。

平成元年のプロ野球の開幕試合で大変面白い現象が起こった。場所は我が博多にある平和台球場。この球場はボクの宝でもあった伝説の球団「西鉄ライオンズ」の本拠地であった。現在は何とかかつてのライバルチームであった「南海ホークス」を金の力でぶんどったダイエーホークス、そしてソフトバンクホークスのホームグラウンドとなってしまった。

昭和三十年前後のパ・リーグ黄金カードといえば、西鉄ライオンズ対南海ホークス。この試合見たさに野球狂少年であったボクはどんなことでもしたものだった。三原監督率いる西鉄には、稲尾、中西、大下、豊田。一方、山本（のちに鶴岡）監督率いる南海は、皆川、杉浦、穴吹、野村。今のプロ野球界には見られない個性溢るるつわものどもが、土のグラウンドで繰り広げる仁義なき戦いは、まさしく砂塵が舞い上がるマカロニ・ウエスタ

笑ふべし
球のピエロなる男を
昭和32年
大下弘の日記より
LIONS
西日本鉄道

ン。大いに迫力があった。

選手の個性がなくなり、今日のプロ野球を駄目にした原因はいろいろと考えられるが、一つには自然の土を廃し人工芝にしたことではないだろうか？　山本監督の名言「銭はグラウンドの中に埋まってるで！」、名もない選手はそれを励みに、泥塗れになって一軍の切符を手にしたものだった。それがどうだろう、今活躍している現代っ子選手はグラウンド志向ではなくブランド志向。グラウンドに火花が散らないはずだ。そのうえにドーム球場ときたもんだから、もはや野球ではなく室内競技。

こんなふうに次から次へと悲観材料が出てきて、冒頭の書き出しになった次第である。そして、かつてのホームチームが平和台球場に遠征にきて、ライバルチームがホームグラウンドとなって開幕試合をする。時代も野球も変わるもんだと知りつつも、あの平和台球場を埋め尽くした大観衆が無邪気にもホークスの帽子を被り、声援を送る光景を目の当たりにして不思議な気持ちにならざるを得ない。

ボクもかつてはあの平和台球場の観客の一人だった。ボクのお目当ては西鉄ライオンズの四番バッターであった大下弘選手。左バッターボックスに立ち、軽く右足を上げてかっ飛ばすホームランは、今でも瞼にくっきりと焼きついている。■

ボクの初恋も弘に縁があった。弘と初恋では何だかおかしなことと相なるが、当然女の子なので「弘子」。そして複雑なことにもう一人の「弘子」ともいろいろとあった。

それは東住吉中学校の時だ。同じ弘子ではわけが分からなくなるので最初の子は「黒の弘子さん」。いや、この子は本当に黒かった。日本人離れした顔つきだったもんで大いに人目を引いた。そのうえ、クラブがソフトボール部ときてるもんだから、黒光りになお一層の拍車をかけたようだ。

彼女を最初に意識したのも、なぜかしら野球に縁があった。ボクも将来の西鉄ライオンズの一員を目指して野球部に入り、連日の猛練習。野球は三度のメシより大好きなのだが、どうもあの運動部特有の体質に馴染めない。そんなボクの気持ちをベテラン部長先生が見抜けないわけがない。

「お前、俺のやり方に文句あるとか！」

「……」

こんなやりとりが続いてる間は当然レギュラー選手への機会はない。ましてや、我が中学は福岡市の中でも優勝を争うチーム。先生の権威は絶大のものであった。というよりも、のちに甲子園に出場し、近鉄バッファローズに入団した豪腕投手がいたおかげなのだったが……。

辞めるべきか？　しかし、そのことによって西鉄ライオンズへの道は永遠に断たれてしまうのではないだろうか？　そんなことを考えながら炎天下の中、今日も外野の後ろで大声を張りあげ、球拾いをしていた時のこと。この豪腕投手は、バッターとしても非凡のものがあり、彼が打った打球は、センターの遙か後方に飛んでいった。センターの後方ではいつものように女子ソフト部が練習をしている。そのグラウンドも飛び越え、球は転々と転がっていった。

ボールをなくすと、ボクら下級生には大変な説教が待っていることを知っているので、ボクはいつものように一心不乱で球を追っ掛けていった。球は校舎と校舎の間を抜け、雑草が茂り鉄条網を張りめぐらせたところまで飛んでいったように思えた。その先は小川が流れていて、この川に落ちていれば地獄の溝さらいが待っている。たった一個のボール探しのために全身泥だらけになり、そのうえ、蛭に血を吸われるので、やむなく野球部を辞めた仲間も数知れず。この怨念の川を恨めしく見ていた時のこと。

「なんばしようと。これじゃなかと？」

黒の弘子さんが白いボールを差し出した。

「どこにあったとね？」

「廊下に落ちとったよ」

幸いなことにボールは、校舎の間を抜けずに、踊り場の壁に当たり廊下に紛れ込んだらしい。ちょうどこれから練習に向かう彼女が運良く見つけてくれたというわけだ。

「あんたが出る試合ば見たかとよ……」

ボールを手渡す時に吐いた彼女の言葉は、ボクの胸にグサリときた。

彼女とは同じクラスであった。気が強く派手派手マークの顔立ちで運動神経は抜群、そのうえ勉強の方もできるときているものだから、クラスでも人気ナンバーワン。そんな彼女をアマノジャクであるボクが好きになるわけがない。

ボクが淡い恋心を抱いていたのは、もう一人の弘子さんだ。彼女がボクらのクラスに転校してきた時のことを、今でも鮮明に憶えている。東京から来た彼女は、都会の香りを運んでくれた。そして何よりも、彼女の色の白さは眩いばかりの都会の光を感知させてくれた。それでいて、気取ったところもなく、物静かな彼女にボクが惹かれないわけがなかった。

ところがいくら少年とはいえ、ボクにも男の意地というものがあり、こちらからヘラヘラと出ていくわけにはいかなかった。彼女が友だちと喋る東京弁なるものを盗み聞きしては、一所懸命に勉強して、一人ブツブツとつぶやいていたものだった。

ある日、彼女との本番へ向けての予行演習とばかりに、東京弁なるものを父にお披露目

したところ、舌がもつれ声がひっくり返り、
「お前、映画の観すぎで頭がおかしゅうなったとじゃなかか？」
と言われる始末。
でもついに来たるべき時がやってきた。明日から博多どんたくが始まるという日。確か、
ボクの大好きな図画の時間だったと思う。
「どんたくはどこで見ればいいんですか？」
楽しそうに描いているボクに声が掛けやすかったのか……。掛けられたボクはといえば、
滅多にアガらず、少々のことでは動揺しないと自負していたが、この時ばかりはチンポコ
が縮み上がる思いだった。
大きく深呼吸したあと、おもむろに、
「中洲、天神……、ち、ち、近かとこは祇園町に行ったらよかたい！」
「ありがとう。博多弁は面白か〜、もっといろいろ教えてください」
その後、彼女はなぜかしら黒の弘子さんと仲良くなり、何とソフトボール部にまで入っ
てしまった。博多弁を教えることによって、より接近しようと目論んでいたボクの夢想は
見事に打ち砕かれ、黒の弘子さんのおかげで彼女の博多弁はみるみるうちに上達していっ
た。

白の弘子さんが黒の弘子になっていく。南国の日差しが、都会の色を焦がしていった。もちろんボクの方も及ばぬ恋に胸を焦がしていたのだが……。グラウンドで明るくソフトボールを追う彼女の姿を見るたびに、なぜかしら幸せな気分になったものだった。

黒の弘子さんのグサリ一言の甲斐もなく、この年、秋も終わりを告げんとしている時にボクは野球部を退部してしまった。奇しくもこの年は、日本シリーズで西鉄ライオンズが三連敗したあと、奇跡の四連勝をして読売ジャイアンツを倒した年でもあった。ボクも豪放磊落、野武士軍団の一員に！　子供の時から抱き続けたこの夢も、この時点で儚いものとなってしまった。野球部の体質、監督の指導方針に嫌気がさしたのも事実だ。

しかし、白の弘子さんの出現以来、彼女の運んできた東京の色と香りと光を意識したのも事実だった。

彼女は女子高に進学し、博多の銀行に勤めた。ボクの高校生活は東京行きの資金稼ぎのため、朝から夜までバイト暮らし。彼女のことは頭からなくなっていた。そんな彼女が、誰に聞いたのか、ボクの東京行きの日に旧博多駅に見送りにきてくれた。久しぶりに見る彼女からは、すっかり都会の香りが消えていた。

「頑張らないかんとよ！」

博多女の気丈さをしっかりと身に付けて、期待と不安で一杯のボクを励ましてくれた。

その後、何度か手紙のやりとりはあったが、今ではどこでどうしているのか分からない。再会する機会でもあれば、ボクが長年、磨きに磨きをかけたホンマモンの東京の色と香りと光をご披露したいものだが……。でも、あの日あの時の、あの新鮮さに果たして太刀打ちできるかどうか？　正直いって不安だが。

　黒の弘子さんと最後に逢ったのは大阪だった。高校を卒業したあと、勝ち気な彼女が博多に収まるわけがなく、親と一悶着を起こしたあとに何とか大阪に出てきたらしい。華やかな雰囲気を備えた彼女は、デザイナーを目指し、専門学校に行くための資金稼ぎとして、割烹料理屋さんに住み込んで働いていた。東京までは遠すぎるし、ちょうど、中間地点の大阪を選んだところが何とも彼女らしい気がした。

　ボールを追っかける時間もないらしく、道頓堀を歩く彼女の横顔からは、自慢の黒さも薄らいで、浪花のよかおなごに見えた。

「今日どうすると？　宿ば取っとうばってん……」

「いや、ボクは今日このまま東京に帰る」

「あ……そう……」

　この時の会話、彼女の表情はなぜかしら今でもはっきりと憶えている。

　球に夢中になり、球を追っかけた時から、はや半世紀が経った。あの日あの時、大下弘が夢を乗せて弾き返した球、二人の弘子さんがボクに投げた球。未だにボクのミットに収まったままだ……。

能古島のコスモス

♪つきせぬ波のざわめく声に
今夜は眠れそうにない
浜辺に降りて裸足になれば
とどかぬ波のもどかしさ……

井上陽水の初期の曲『能古島《のこのしま》の片想い』の一節である。福岡市西区の姪浜《めいのはま》渡船場からフェリーで、およそ十分で行ける能古島は、博多の人間にとって、しばしの安息をもたらしてくれる島である。もちろんボクにとっても想い出深いところである。

博多湾の真珠と呼ばれる周囲一二キロの小さな島、能古島を最初に訪れたのは小学校の遠足であった。だが、この時の島の印象はあまり記憶に残るものではなかった。それもそのはず、当時の博多には能古島にある自然がまだ十分に存在していたからである。

能古島の最初の想い出は昭和三十八年、高校一年の秋である。福岡工業高校柔道部を辞めたボクは映画研究部に入部。末は日立製作所の技術者としての道を夢見ていたボクも、日々の機械実習で見事なまでの挫折を味わうのである。与えられた鉄材を旋盤にかけ、電気スタンドの台座を作る科目であったと思うが……旋盤で削っているうちにもとの鉄材がなくなる始末。こんな人間が会社に入ろうものなら工業立国日本も大迷惑！

ここは機を見るに敏なるボクのこと、日立製作所技術者・岡田潔はなかったものとして、高校生活をいかに楽しく過ごすかに発想を転換。そのために、まず縦社会の権化である柔道部を退部。先輩からの、稽古と称して理不尽に繰り返される後輩いじめに付き合うほど、柔道が好きではなかったせいもあるのだが。そして、銀幕の世界に繰り広げられる智と娯楽のゲームにうつつを抜かすこととなる。

休部同然だった映画研究部の部長先生のところに映画談義をしに行ったのはいいものの、この先生の肩書きは名ばかり。ATG（アート・シアター・ギルド）運動がまさに始まらんとしているこの時にベルイマンの『処女の泉』『野いちご』を観ていないどころか、

「ベルイマンの『処女の泉』？」

困った顔をしながら、まさかエロ映画のタイトルを思い出しているのか、しばし沈黙。何も芸術映画だけが映画じゃないにしてもだ、今の映画の流れを知らずして何が映画研究部だ！　とまあ映画少年のボクはほとほとあきれ返る始末。

その後の福岡工業高校映画研究部は破竹の勢い。部長の警告も無視して、当時、女子高校生のサロン的な存在であった福岡市高校映画連盟の会長の地位を略奪。以降、博多の映画館はフリーパス。

勉強することも忘れ映画三昧に明け暮れた理由は、もちろん映画が好きだったこともあるのだが……高校映画連盟の副会長をしていたY子に好意を寄せていたせいでもある。筑紫女学院の二年生で、見るからにお嬢さんタイプ。まだ高校生なのに、この年に封切られた東映映画『五番町夕霧楼』（田坂具隆監督）に主演している佐久間良子的な色気を持っている。Y子逢いたさによく会合の招集を掛けたものだ。

彼女の好みの映画は洋画一辺倒。あのシュールな映画『五時から七時までのクレオ』（アニェス・ヴァルダ監督）をいかにも理解したかのごとく喋りまくる彼女の高慢な顔もまた魅力的であった。

「あんた、『にっぽん昆虫記』観たね？」

「あら、あれは十八歳未満禁止映画じゃなかと？」

ボクとしては今村昌平監督をめぐる芸術論争に持ち込みたかったのであるが、彼女は乗ってこないどころか、あんな映画を観るなんて！という顔をしている。確かあれは赤坂の映画館であった。坊主頭では高校生だと分かってしまうので、帽子を被りマスクをし、必死の思いで観た映画なのに、しょせん、品の良いお嬢さんにはイヤラシイ映画としか映らなかったのであろうか？　あの左幸子演ずる女の性《さが》は貧富、育ちに関係なく、必ずやY子の中にも潜んでいるに違いない。その辺のところも含めて、映画という共通の媒体を通してもう一歩突っ込んだ話をしたかったのであるが、なにせ惚れてる弱みなのか、こちらの土俵に引き込むには押しが足りない。それどころか、

「ねえ、今度連盟で『アラビアのロレンス』の上映会やりましょう！」

彼女はピーター・オトゥールに首ったけなのである。果たしてボクはピーター・オトゥールに勝てるであろうか？　Y子の上気した顔を見ながら心は暗澹たるものであった。

Y子との初めてのデートが能古島であった。別にこれといった施設があるわけでもないのにこの島を選んだ理由は、二、三日前の新聞に掲載されていた見事なコスモスの写真を見たからである。能古島に向かう船内のY子はどことなく開放的であった。今日はいつもの切れ味鋭い映画論は聞けそうもない雰囲気だ。

「うちね、朝鮮人よ」

島の山道のベンチでY子の手作り弁当を食べている時であった。島ののどかな風景が無防備にさせたのか、自分の生い立ちを喋りだしたのである。

お金は何不自由なく生活できたのだが、子供のころから朝鮮人であることでずいぶんと

嫌な思いをしたらしい。自然と人嫌いになり、遊び場は映画館になっていったという。白いスクリーンに登場する異国の人間に思いを託し、差別の屈辱を晴らしていたのかもしれない。Y子が日本映画を観ないのも何となく分かるような気がした。ボクの周りにもたくさんの朝鮮人の友だちがいたのだが、お互いに貧乏人同士、ただガムシャラに遊び、生きてきただけだ。

「今日は何でも話すけん」

今日こそボクの本心をと思っていたのだが、ボクに心を許してくれるY子のこの気持ちだけで十分であった。薄暮の船内で、遠ざかる能古島に手を振るY子にとって、今日の一日も、もしかしたら映画の一コマだったのかもしれない。

■

昭和五十二年秋、久びさの能古島である。この時は、ボクが所属していた演劇群「走狗」の博多公演のあとであった。名古屋、京都、岡山を経て地方公演最後の地が博多であった。テント芝居のこともあり、身も心もくたくた、そんな旅の終わりに、ふらり能古島に行きたくなったのも当然である。Y子と乗った小さな漁船も大きな客船となり、島の開発が進んでいるのではないかと心配しながら浜に降りる。

「大あさり、どげんね？」

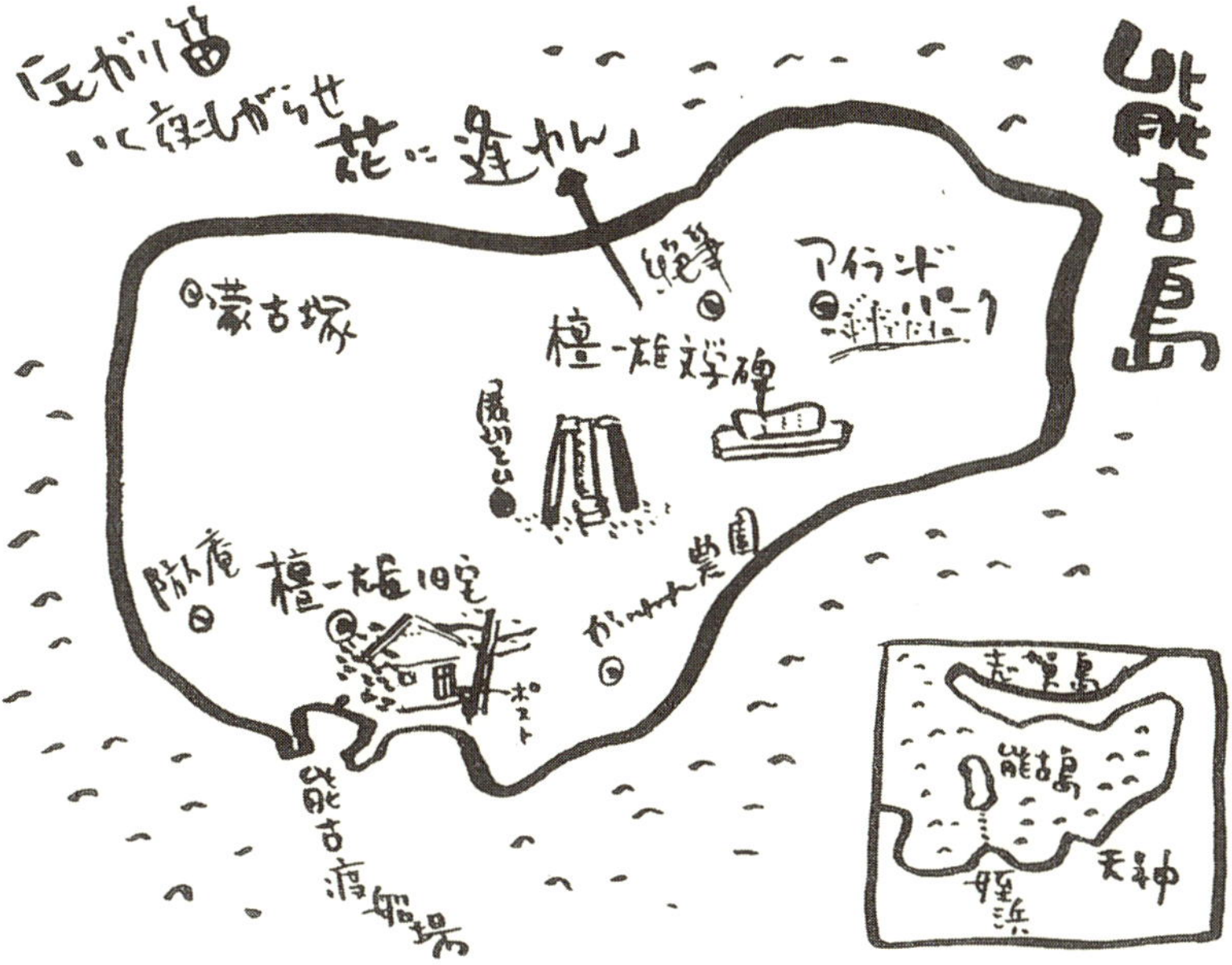
能古島
蒙古塚
檀一雄文学碑
アイランドパーク
檀一雄旧宅
ポスト
能古渡船場
志賀島
能古島
天神
姪浜

島の浜辺で獲れる大アサリ貝を売るおばちゃんたちの威勢のいい声は昔と変わらない。早速五個ばかり買って浜辺で食べることとなる。浜の流木を集め石を組み合わせ火をおこす。潮風とアサリの煮え立つ匂いがたまらない。おばちゃんに借りた醤油を垂らしてできあがり。

この島にはボクが好きな作家・檀一雄の旧宅があった。亡くなる前の一年間、ここに住んでいたという。渡船場から約十五分、少し上がったところに彼の旧宅があった。やはり檀一雄に心酔する劇団の友人二人と一緒に行くことと相なった。今は住む者もなく、主人を失った平屋の家は寂しげである。

門の横脇のポストを覗くと何やら紙が入っている。檀一雄に関することとなると俄然夢中になる三人。中でも坂口安吾ともども、無頼派以外は作家じゃないと言いきるM君は、この時ばかりとポストに手を入れるのだが、あと三センチというところで届かず。彼の気持ちもよく分かる。せっかく博多の能古島まで来て、もしや檀一雄の遺品ではなかろうか？　と焦る気持ちの結果、とうとう手首のところを切ってしまう始末。

ここで諦めるタマではない三人衆、少々変形した木の枝を見つけてきて、ついに一枚目を取り出す。電気の領収証であった。名前はまさしくダンカズオ、M君は嬉しそうである。次なる紙も難儀の末に取り出した。こちらは水道の領収証。さて、こちらの方は誰がもらうべきであるか？　あと一枚ガスの領収証があればめでたしめでたしであったのだが、主のいない家では頼むわけにもいかない。結局ジャンケンでボクが頂くこととなる。Ｔ君の恨めしそうな顔が痛々しい。しかし、考えてみると三十過ぎたいい男がと思うのだが、ここまで夢中にさせる檀一雄の魅力はやはり素晴らしい。

門を開け庭に出ると、博多湾の向こうに広がる博多の街が一望できる。『火宅の人』に書かれていた文章が目に浮かぶ。この庭に立ち、訪れてくる友だちを、大漁旗を打ち振りながら迎えたい……豪放磊落な半面、人恋しい寂しがりやな檀一雄になり代わり、三人で島に向かってくる船に「おーい！　おーい！……」。無断闖入者のボクたちの行動に、亡き檀さんも思わず苦笑いしたのではなかろうか……。

この島にアイランドパークなるものができたのには驚いた。またまた金儲けの連中の仕出かしたことと、面白くないと思っていたのだが、辺り一面に咲き乱れる見事なコスモス群を目の前にして納得。自然を活かした公園造りはこの島を理解したものでなければというシロモノで、まずは一安心。

聞くところによると、この島に憧れ、ある者は陶器作り、ある者は絵描きとして住み着いているらしい。その中の一人、アイランドパークに面した思い出通りに、街の喧騒を逃れ、店を開いた親爺の台詞がおかしかった。

「でも時々街のネオンが恋しゅうなって、博多の街に行くばってん、船がのうなって海上タクシーに乗るとはよかばってん……このお金が馬鹿にならんたい！　女房が何のため島に来たと！　毎日怒られようばい……」

それにしても、あの日あの時のコスモスの咲き乱れる記憶は定かではない。確かコスモスの新聞記事に惹かれ、デート場所に決めたはずであったのだが……。

夢は夜ひらく

昭和五十年前後の博多の新興繁華街「天神町」。その外れに「東洋ショー」と名の付くストリップ劇場があった。老舗の繁華街である中洲の「ハリウッド」に比べると、いかにも小便臭い田舎風の小屋であった。

ストリップ業界の照明部門で日本一に輝いたこともあるハリウッド。なるほど明かりの力は偉大である。ストリップの持つ陰なるイメージを払拭し、本場ハリウッドも顔負けの雰囲気に仕立てあげてしまう。

こんな小屋には、当然ながら粋のいい踊り子さんたちが集まってくる。面白いのは、当時はやりの人気若手女優のそっくりさんを必ず登場させることである。芸名もそのものズバリ。「山口桃恵」「池上君子」「多気川裕美」などなど……。ストリップ業界のスカウト網もなかなかのものである。これだけの段取りをやれば、場内はいやがうえにも盛り上がらずにいられない。若い熱気と、おっさんたちの掛け声で大フィーバー。

踊り子さんの選曲によって小屋の雰囲気も大きく変わってくる。東洋ショーの主流を占める曲の多くは、森進一、青江三奈、美川憲一……ほとんどがド怨歌ばかりである。これらの歌をバックに、舞台に登場する踊り子さんの人と身なりは、自ずと絞られてくる。

その当時の踊り子さんの中には山口百恵の『横須賀ストーリー』、都はるみの『北の宿から』などを実に見事に、ストリップ芸に繰り込んでいた才女ストリッパーもいた。なかでも『およげ！たいやきくん』では、サラリーマンの悲哀を感じさせる歌詞の当て振りに、鯛を連想させる金ピカ鱗をくっつけた衣装。その鱗がまた絶妙なる擬音を発するのである。

「♪毎日毎日ボクらは鉄板の」、ここでカチャと鳴り、「上で焼かれて嫌になっちゃうよ」、カチャ。この効果音と一瞬、ストップモーションする仕草は、まさに傑作品。ストリップ小屋というもの、そうは簡単に笑いは起きないものだが、この時ばかりは爆笑の渦。これだけで十分にお金が取れる芸である。もちろん肝心なる裸芸に自信がなかったことが一番の原因であるのだが……。まあ、何はともあれ発想の奇芸の勝利である。

■

昭和五十一年初秋、ここ東洋ショー劇場に一人の踊り子がいた。芸名「筑紫由美子《ちくしゆみこ》」。その当時の踊り子さんの主流は、どちらかといえば洋風、派手派手。その中にあって、彼女は和風の着物で、じっくりと芸を見せる踊り手の一人であった。

ストリップ芸の極致は、裸になるまでの過程にある。ただスッポンポンになればよいというもんじゃない。お客のイメージした美しき裸体に、刻一刻と近づけていく芸。これはまさに芸術でもある。

といって、こんな理屈で見ているお客なんて一人もいやしない。さりげなく、美しく、かつ、煽情的にリードしなければならないところが非常に難しい。

筑紫由美子の選曲は一貫して藤圭子。『夢は夜ひらく』で始まり『カスバの女』で幕を引く。藤圭子の情念歌と筑紫由美子の舞い姿が見事に結実していた。そして一枚一枚と着物を脱いでいく姿に菩薩を見る思いでもあった。といっても、これはあくまで、ボクの勝手な思い込みなのかもしれない。このストリップ小屋に集まるほとんどのお客は、踊り子さんの裸見たさである。

そしてフィナーレ、進行役を務める男の一段と声高なアナウンス。「さあ皆さん、誰も彼もが通ってきた故郷への道！　この道はいつか来た道！　自分をこの世に出してくれた聖なる門に感謝の気持ちを込めて、オープン・ザ・ショウ！」の声に送られて始まる特出し舞台を最高の楽しみに集まっている。

男とはかくも悲しき存在なのである。自分の身体に子宮を持たない故郷喪失者にとっての、ささやかなる胎内回帰への儀式なのかもしれない。自分を送り出してくれた聖門を確認することによって、一安心するのであろうか……。

しかし、そればかりではなさそうだ。一人の人間が不特定多数の人の前で裸になる。金のため、生活のため、いろいろの理由があるだろう。ボクが小屋に魅かれたのは、彼女たちが裸になっても、いや裸になればなるほど、彼女たちの人生模様が裸になり切れずに浮游する、その状態がたまらないのである。

筑紫由美子の凄さは、特出しをしなくとも、もっといえば着物を脱がずとも、彼女の人生が、魅力が見え隠れすることだ。当然ながら、特出しをしない彼女に対し、「なんば、気どっとうとか!」「あんた、穴なかと?」「ここはストリップ場ばい、場所間違えとうばい!」、故郷の観音様を拝めなかったお客は不平不満を思い切り彼女にぶつける。そんな罵声にニッコリと笑顔を送る彼女がまた心憎い。

すっかり魅了された彼女の舞台をあとに小屋を出ると、夜の帳《とばり》が下りていた。脇には大牟田行きの西鉄電車が走っている高架線、斜め前に神社がある場末の風情。このまま帰るのが何とも口惜しい気がする。東洋ショー劇場に電話を入れる。

「すみません、筑紫由美子さんいらっしゃいますでしょうか?」

「あんた誰ね?」

「……ちょっと、知り合いの者ですが……東京から用事があって来ましたもんで……」

夢は夜ひらく

「あーそうね。ちょっと待ちんしゃい」
二、三分の間があって、
「もしもし、筑紫ですが……」

「実は私……たった今あなたの舞台を観た者ですが、非常に感激しまして、ぜひお話したいと思って電話しました。時間があれば直接逢って、話をしたいんですが……」

「……そうね、あとワンステージあるのでそのあとでなら……」

「ありがとうございます！」

高鳴る胸を押さえながら指定された近くの喫茶店で待つこと一時間半。舞台化粧を落とした彼女の素顔は、ごく普通の若奥さんの顔であった。ほんの気持ちのつもりで買ってきた菓子包みを手渡すと、少々戸惑いながらも気持ちよく受け取ってくれた。

彼女の出身地は福岡県大牟田市。炭住街で生まれ、三井三池炭鉱の発展とともに少女時代を暮らす。しかし、昭和三十八年、死者四五八名を出した三井三池三川鉱の爆発事故で父親を亡くしてからは、彼女の家庭環境は一転する。パートに出だした母親が、仕事先の男と駆け落ち。彼女と妹が家に残される。高校生であった彼女のそのあとはお決まりのコース。心傷んだ少女に優しさでつけ入り、ヒモに収まる男との生活が続く。

この男の優しさはレコードを次から次に買ってくれることであった。カスケイズの『悲しき雨音』、ポールとポーラの『ヘイ・ポーラ』。彼女の寂しさを自分の方に魅きつけるには十二分過ぎるぐらいの小道具であった。別府、長崎を転々としたらしい。その間の仕事の内容はさすがに口にしなかった。いずれにしろ歓楽街での生活。自ずと察しがつく。コーヒーカップを持つ左腕には、覚醒剤を使ったであろうと思われる、青い斑点がうっすらと残っている。

初対面のボクに、これだけ話をしてくれたことには理由があった。彼女の踊りを観て電話をしてくるほとんどの男たちが、逢って何分もしないうちに必ずホテルに誘う。事実、ボクからの電話も、そう思っていたらしい。ところが、そうでないものだから自然と心を開いてきたのかもしれない。

数日後、酒を飲みながらしみじみと、

「うちはよか、好きに生きてきたけん。ばってん、娘のことば思うと……」

二十歳の時に産んだ娘を実家に預けたままだという。小学生になる娘と一緒に住みたいという気持ちが、ひしひしと伝わってくる。太宰府天満宮で一緒に撮った写真を財布の中から取り出し、ボクに見せてくれた。見知らぬ父親似なのか、勝ち気な顔をした少女であった。

■

東京に戻り、何度か手紙のやりとりをする。彼女にとっても、見も知らぬ一人の観客から、こんなふうに発展するとは思ってもみなかったであろう……。彼女の文面からは極ごく日常的な幸福を願っていることがよく分かる。

昭和五十二年一月、彼女からの最後の手紙にこう書いてあった。

「将来ある貴男が、私みたいな女と付き合ってはいけません。どうか、いつまでも元気で暮らして下さい。さようなら　弘子」

やっと本名を教えてくれたものの、私みたいなはないだろう。いや、ボクの安っぽい同情がそうさせたのかもしれない。将来ある貴男も何とも気に喰わない！

二月の末に福岡市東区箱崎にある彼女のアパートを訪ねたが、引っ越したあとであった。各ストリップ劇場を回っても「筑紫由美子」の名前はない。とはいっても踊り子さんは、よくよく芸名を変える。もしやと思い、まめに劇場に足を運ぶが、彼女の姿を見ることはできなかった。

旅から旅、彼女の人生も点から点。決して連続しない不連続な部分の居心地が、舞台へのエネルギーになっているのかもしれない。今日も、どこかで、

♪赤く咲くのは　ケシの花

白く咲くのは　百合の花
どう咲きゃいいのさ　この私
夢は夜ひらく

夢は夜ひらく……ここでいつものように、くるりと一回転しているんでしょうか。そのくるり一回転の何秒の間に、確かあなたの顔は、由美子から弘子へ……変わったようにも見えました。

「弘子様、私は相変わらず東京に住んでいます。東洋ショー劇場は、すでにありませんが、ボクの心の中にはいつもあなたの気分を持った踊り子さんに逢える小さな劇場があります……。　潔」

屋台

博多の街には屋台がよく似合う。ここ数年屋台ブームで、どこも大変な賑わいらしい。屋台専門の本も出るくらいだから本物と見ていい。

ボクもたまに博多に帰るのだが、不思議と屋台ばかりが目につくのだ。周りの風景がどこもかしこも東京と寸分変わらぬ建物の中で、手作りの屋台は堂々と自己主張しているからであろう。夕方のビル街で前掛けを垂らしたおっちゃん、おばさんが屋台を組み立て、料理を仕込んでいる姿は日々新鮮である。人間を拒否するかのような無機質のビルの谷間に人間臭い屋台がポツリ、ポツリ、ポツリと建っていく姿は感動的でもある。

ボクも昔、テント芝居をやった経験があるのだが、日常の中に自分たちの空間を創るのは楽しく刺激的である。屋台もしかり、日ごとさまざまな人間ドラマが生みだされる庶民の劇場である。

博多の中心街でもある天神の夕刻は、屋台の出現とともに落ち着きをなくす。今宵も仕事を忘れ、屋台で見知らぬ人と出会い、飲んで騒げる時間がきたのである。

ラーメン 350

一方、昔からの歓楽街である中洲を流れる那珂川《なかがわ》の川辺に並ぶ屋台は、ひときわ情緒を感じさせてくれる。川面に映るネオン、同じく川辺に居並ぶ金魚すくい、ウナギ釣り、ヨーヨー釣りなどの出店が、屋台とよく似合うせいかもしれない。ウナギ釣りなんぞは、釣りあげたウナギをその場で調理してくれるのである。昔懐かしい七輪で焼きあげるウナギの香りを嗅ぎながら、野次馬も巻き込んでのウナギ釣りの光景はなかなか楽しいものである。

「弱っとるウナギば狙わんと」

「もうちょっとウナギば泳がさんと」

「今たい！」

「女つる要領で、優しゅうやらんと」

針と竿をつなぐか細い糸を何とか切らないようにと真顔な釣り人と、釣られまいと必死に抵抗するウナギの気持ちも知らず、川風に吹かれご機嫌な酔客が次から次へと囃したてる。

橋の上では股旅姿のおじいちゃんが演歌をバックに踊っている。昔は旅一座にでもいたのであろうか、なかなか決まっている。屋台に出入りするお客も、ご祝儀を景気よく弾む。

■

そんな光景を目にしながら、ふとボクの少年時代に過ごした、あの日あの時の那珂川が蘇ってくる。

半世紀前の那珂川はまだまだ十分に泳げた川であった。黒いへこふんどし（といっても、その当時は布切れだって貴重品、金隠しのところの布に紐を通した粗末なもので、川の中では小さなオチンチンが右に左にはみ出して、全く役立たずのシロモノ）姿で兄とよく泳ぎにいったものである。泳ぎのうまい兄に比べ、いまいち水に馴染まないボクは、必死の形相で犬掻き泳法で頑張っていたようである。

そんなある日、高いところからの飛び込みを試みることになった。ちょうど、那珂川が二つに別れる分岐点である清流公園の高台から飛び込むのである。ようやく水に馴染んだばかりのボクにとっては、一大決心のいるできごとであった。しかし、ここで逃げれば、臆病者の烙印が押されてしまう。負けず嫌いでもあるボクがすごすごと退散するわけもない。

運を天に任せて、エイ！　と飛び込んだはいいものの、しこたま腹を水平打ちしてしまい、何とへこふんどしが取れてしまったのである。流されていくへこふんどしを犬掻きで追うが、その距離はますます離れるばかり。いやはや、この時ばかりは困ってしまった。フリチン姿でのこのこと丘に上がればみんなの物笑いのタネ。唇を震わせながらの水中我慢比べのせいで、その後二日ばかり寝込んでしまった次第である。

この那珂川の花火大会も、ボクら子供にとっては楽しみな行事であった。といっても我が家は父の商売の失敗で、のんびりと花火だけを見物しておればよいという状況ではなかった。

そんな時に獅子奮迅の働きをするのがボクの役目。まずは花火をよりよい場所で見るための場所取り、それに付随するゴザ売り。ゴザ売りはたいした苦労もないのだが、場所取りはそうそう簡単にはいかない。この中洲を取り仕切っているヤクザのお兄さん方の監視の目をくぐっての商売。素人さんが場所取る分には構わないのだが、これを商いにしているとややこしい。そこを何とかくぐり抜けるのがまた商売の醍醐味。それにボクの通っていた学校の友だちのお父さんが確かこの一帯を取り仕切っているヤクザの幹部。風呂場で見たこの親父さんの見事な般若の刺青を思い起こせば何のその。背中から腕、足首にいたるまで彫り込まれた絵づらの怖いこと。ボクの父親がこんな刺青をしていたならば、ボクの人生も変わっていただろうな……。

まあとにかく、何かことが起きたら、この友だちの名前を出せば何とかなるだろうと強気な気持ちが、ヤクザのお兄さんたちに警戒心を与えなかったのかもしれない。この日の上がりも上々で、ボクの小遣い銭も予想以上の収入になった次第。

この日は思い切り綿菓子、カルメラ、リンゴ飴を頬張りながら那珂川の豪華絢爛な花火を楽しんだ記憶がある。

■

那珂川の飛び込み基地でもあった清流公園の近辺は、今では博多の街でも名だたるソープランド地帯に変貌してしまった。もともとこの一帯は春吉《はるよし》という街も含めた色街でもあったのだが……。今はソープランドだけがその面影を残すのみとなった。

昔の春吉はまさに圧巻であった。三〇〇メートルにわたる小さな路上に居並ぶ娼婦のお姐さんたちの何と色っぽかったことか。生活のために立ってはいるのだが堂々と、しかも艶っぽく、明るかったのである。炭坑景気に西鉄ライオンズ、博多に唯一文化が存在した時代だったからこそのことであろう。

もちろん屋台もしっかりと生きていた。とりわけこの春吉一帯の屋台は、夜のお姐さんの憩いの場でもあった。一仕事終えたあと、六畳ぐらいの空間で屋台の親爺や女将と世間話、時には人生相談を語り明かしながら朝を迎えたのではなかろうか……。

■

そんな時代の屋台を思い出しながら春吉の屋台に入ってみる。若いグループで賑わっていた。そして驚いたことに、内部の施設が立派になっていた。文明の利器がずらり並んでいるどころか、インテリアもなかなか凝っているのである。これは屋台というよりも立派なスナックである。

そんな雰囲気の中でワイワイガヤガヤされてはたまらない。何も屋台に来なくとも居酒屋に行けばいいだろうに……それよりもボクが立ち去ればいいのだ。屋台で焼酎一杯引っかけて出るや否や、

「若い娘どげんね？」

おばちゃんが声を掛けてきた。どっこい春吉もしぶとく生きているのである。

少しばかり那珂川の川風に吹かれて歩いていると、昔ながらの屋台らしい屋台が見えてきた。鍋釜が外に氾濫し、いかにも小汚い親爺と女将が出たり入ったりしている。屋台の造りもリアカーの台の上にやっとこさ屋根の付いた空間をこしらえた風情である。この佇まいであれば、屋台としては二重丸。年期の入った暖簾をくぐると、静かな落ち着いた雰囲気。やはり屋台はこれでなくちゃ！

屋台は団体で来るところではない。ふらりと暖簾をくぐり、屋台の大将、女将の顔を見ながら、好きなつまみで一杯やって、腹がすいてりゃ豚骨ラーメン食べて、ほどほどで引き揚げる場所である。そしてあの狭い空間で薀蓄《うんちく》のある人様の会話を聞き、今宵一夜のお友だちとなる。まあこれが本来の屋台のあるべき姿ではなかろうか……。なんて思いなが

ら酒を飲んでいると、蘊蓄ある会話が聞こえてきた。

「ホークスの門田が何で博多に来たか知っとう?」

「そういえばそうたいねえ。博多に来とうなくてオリックスに行ったとやなかと?」

「それがくさ、博多に女がいるけん来んしゃったという噂たい」

ホークスの小旗を手にした男二人が、地元の贔屓チームの内幕話をしているらしい。平和台球場での試合を観戦してきての一杯。機嫌がいいところを見ると、ホークスが久びさに勝利したらしい。彼らにあの西鉄ライオンズの話でもと思ったのであるが、彼らにとっては大きなお世話かもしれない。博多に生きる者にとっては過去の遺物。ホークスのしたたかな経営戦略のうえで楽しむ野球の方がより現実的なのだ。

さて出ようかなとしている時に、ふらりと入ってきたのが若きソープ嬢らしき女性。すかさず殿山泰司を小汚くした風貌の大将が、

「景気はどげんね?」

「よかばってん、今日気分悪かことがあったとよ」

「どげんしたとね」

「あとで話すけん、まずは一杯!」

どうやら馴染みの客で、大将は親父代わりの良き相談相手らしい。外で調理したものを

手にしながら、時おり顔を出す小太り女将も心配気に、

「あんた、あんまり無理したらいかんよ」

「おばちゃん、昔と違うけん」

「そうたいねえ、おばちゃんの時代じゃなかもんね」

この女将、したたかではあるが、若き日の春川ますみを彷彿とさせる顔の表情。会話から、かつての春吉花街を彩った一人と見た。だとすれば、この大将は馴染みの客だったのか？　いや、このふてぶてしさはヒモだったに違いない。そんなことを考えながらなぜか、スペインのテレビで見たことのある『愛のコリーダ』ノーカット版に登場する殿山泰司の真っ黒なオチンチンと大将とが、オーバーラップしてしまった。

こんな小さな空間で、色とりどりの人間模様を紡ぎだす屋台の存在が危うくなった時こそ、危険な時代なのかもしれない。

■

街の風景は日ごとに無味乾燥になってきている。ある時は道路、ある時は出店の屋台、またある時は大道芸を楽しむ空間、変幻自在にそこに生活する人のために存在する街こそ本来あるべき街の姿ではなかろうか……。

那珂川が再び泳げる清流に戻るのは無理だとしても、屋台の灯が消える博多の街にだけ

はなってほしくないものだ。こんな屋台へのこだわりは、ボクの第二の故郷でもあるスペインのバル（スペインのどんな小さな田舎にも存在する飲み屋、カフェ、社交場、遊び場、そして時には公衆トイレにもなる多目的空間）に通ずるものがあるからかもしれない。

平和台への坂道

西鉄ライオンズが消滅して二十年経った平成四年十一月二十四日、今度は博多のシンボル的存在であった「平和台球場」がなくなるというニュース。「さよなら平和台球場」のセレモニーで、かつての西鉄ライオンズの面々の懐かしい顔がテレビに映し出される。

当たり前のことだが、皆一様にどこにもいそうな、人の良さそうなオジさんになっていた。不思議なことに、あの名セカンド、前近鉄監督であった仰木さんの顔だけ見ることができなかった。ダンディズムの仰木さん、今さら！ なんて考えあってのことか？ いや、ただ単にスケジュールが合わなかっただけのことか？

それはそれとして、この日集まったかつての野武士の面々、同じユニフォームを着けてはいるのだが、何とも似合わない。時の流れとともに、人の顔も変わるし、体型も変わる。ましてや考え方、生き方も変わる。西鉄ライオンズに対する感傷は、ボクにも当然ながらある。がしかし、ボクの西鉄に対する思いは、常に何かを動かすチカラとして存在している。その意味ではボクの西鉄ライオンズは、あの日あの時でストップしたままである。平和台球場がなくなるのもなくすのも結構！　しかし、ボクの中にある平和台球場に至るあの坂道は、いつだって永遠不滅な坂道であり続けるであろう……。

■

黒田藩福岡城跡の一画にある平和台球場は、西鉄電車「平和台球場前」で降り、なだらかな坂道をカーブを描きながら約五分ばかり歩いたところにある。お堀を湛えた球場は、個性豊かな野武士軍団が日々ボクら少年に夢と勇気を与え続けた憧れの場所であり、まるで城塞のごとく聳え立っていた。

この球場に続く坂道は、ある時は仕事の場であり、何よりも西鉄ライオンズを身近に共有できた場所であり、ボクにとっては夢街道といっても過言でない至福の坂道であった。

昭和二十九年は西鉄ライオンズが全国区に躍り出た年でもあった。巨人を追われ野に下った三原監督率いる田舎チーム・西鉄ライオンズが何とパ・リーグ優勝したのである。博多の街は大騒ぎ。この坂道も一躍、陽の当たる坂道として脚光を浴びるのであるが、ボクはまだまだ小学校二年生。この坂道の存在は知らなかった。

このころボクは、旧博多駅裏の末広長屋でNHKラジオ・新諸国物語『笛吹童子』の「♪ヒャラーリヒャラリコー」に無我夢中！　一つ上の兄と漫画雑誌『イガグリくん』の奪い合いで取っ組み合いの喧嘩をやっては親に叱られ、家を出される始末。行く先は街頭テレビ。力道山とシャープ兄弟の対決に一喜一憂し、あげくの果てには、クラスの悪ガキにカラテチョップの模範演技を示し怪我をさせ、母が謝りにいったこともあった。

初の日本シリーズは中日ドラゴンズの杉下投手のフォークボールに翻弄され惜敗。この当時の魔球的なフォークボールはボクらの草野球でも話題になり、早速誰しもが挑戦するのだが、人差し指と中指の間になかなかボールを挟むことができず、悔しい思いをしたものであった。

ボクらの球場は石炭ガラを捨ててできたガラの広場。布切れのグローブと廃材を削って作ったバットでの野球であったが、気分は西鉄ライオンズの選手に少しも見劣りするものではなかった。いつの日か！　あの平和台球場で……当然ボクもその一人であった。

■

ボクがそんな平和台球場に通じる坂道を初めて踏みしめることができたのは、昭和三十一年の夏休みのことであった。十歳になったボクは父に連れられ、我ら野球少年の聖地ともいえる平和台球場に来ることができたのである。

初めて歩く聖地への坂道。道の両側にはいくつかの出店が並んでいた。中でもボクの目を引いたのは大下弘選手の華奢なバッティングの写真を置いてある店であった。そんなボクの気持ちもどこ吹く風、父の関心ごとは、飛ぶように売れるラムネ販売の繁昌ぶりであ

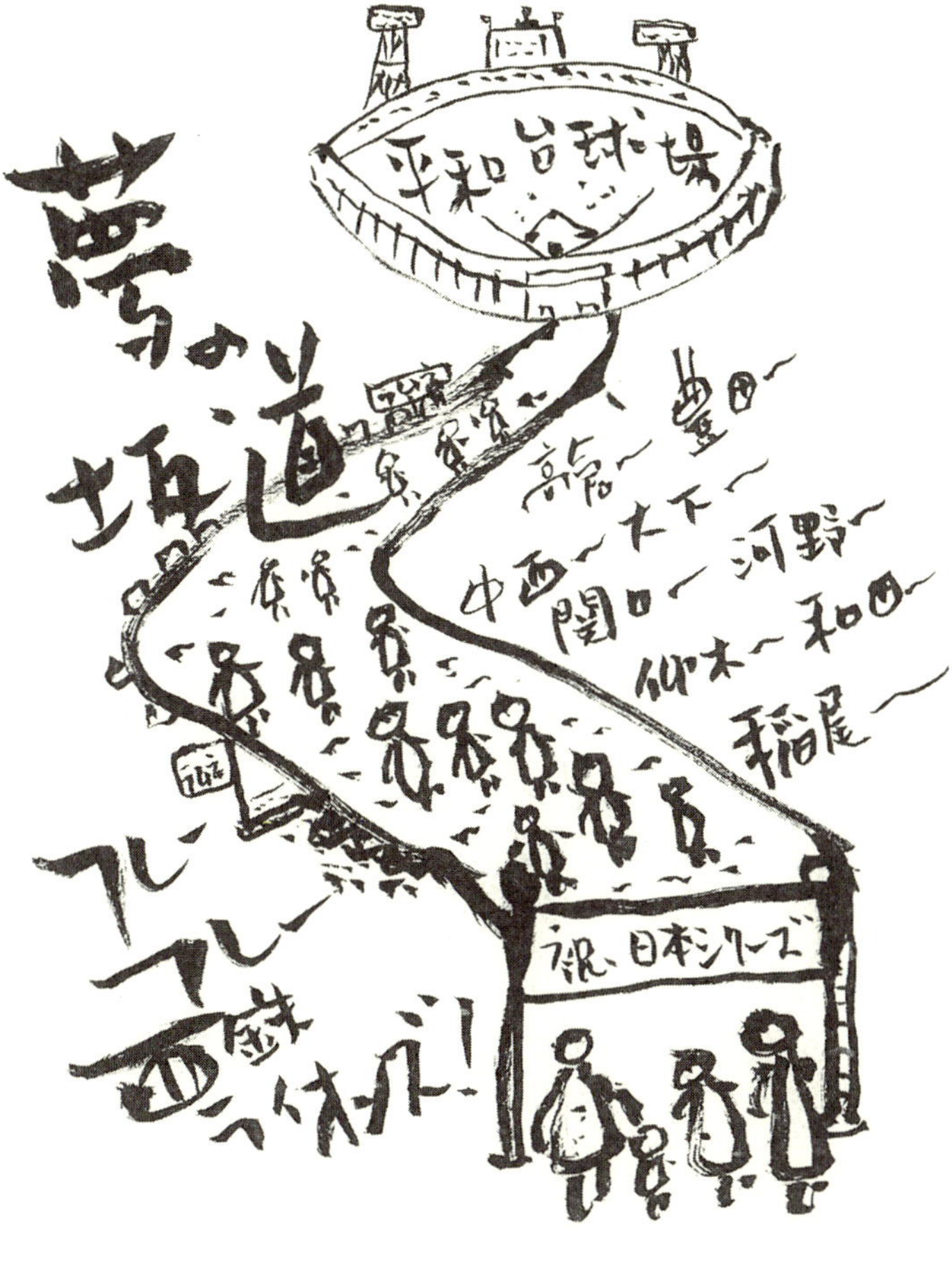
平和台球場
夢の坂道
豊田〜
高倉〜
大下〜
中西〜
関口〜
河野〜
仰木〜
和田〜
稲尾〜
日本シリーズ
フレーフレー西鉄ライオンズ!

った。

球場の中に入ると試合前から、まるで博多山笠、博多どんたくばりの賑わい。ハチ巻きしたオッサンが三三七拍子の応援をしているかと思えば、ライオンズの旗を振りかざして選手の名前を連呼している。やっとの思いで外野席のライトスタンド芝生席に座るのだが、憧れの選手は豆粒ぐらいにしか見えない。

いよいよ試合開始。豆粒みたいな選手の中で一人だけ、こちらに近づいてくる選手がいる。やった！　ボクの大好きなあの大下弘選手がライトの守備位置に来たのである。笑みを絶やさない顔を生まれて初めて身近に見ることができ、大満足であった。

二度目の坂道との出会いは、観戦の日ではなく生活の場であった。この年のパ・リーグの優勝争いは熾烈を極め、南海ホークスと最後までデッドヒート。最終的には、僅差でパ・リーグ二度目の優勝。セ・リーグの覇者・巨人軍との宿命の対決。巨人を追われた三原と水原巨人軍との戦いは、博多の街を大いに沸き立たせてくれた。

ボクの父もこの機を逃さずとばかり、この坂道でラムネ売りを始めたのである。勉強よりも何よりも、西鉄ライオンズの身近にいることで十分に満足であったボクは、手伝いに馳せ参じることとなった。

ラムネが売れる一番忙しい時間帯は、試合終了後であった。その少し前がボクのラッキータイム。試合の終盤七、八回あたりになると、球場入り口のモギリのアルバイトもホッと一息タイム。その隙を突いて球場内に忍び込み、只見の見物。わずか五分ぐらいのものであったろうか？　ダイヤモンドを駆けめぐる野武士軍団の等身大の姿にただただ感激するのみであった。

これを境に、この坂道は生活の場として、また至福の場として、ボクにとって必要不可欠な場になっていくのであった。

▩

昭和三十三年の西鉄ライオンズ奇跡の日本一を最後に、この坂道は、色褪せた坂道となっていく。昭和三十四年のシーズン終了後、三原監督が退団しチームはガタガタ。市内電車から降りてくる客の顔も一段と険しくなっていく。

「今日も負けるとかいな？　お人好しの川崎監督じゃしようがなかたい……」

三原監督の力はあまりにも偉大であった。坂道から球場に向かう人たちが、みるみるうちに減少していった。チームは二年連続三位。博多の人間は熱しやすく冷めやすい。このころになると球場の入口管理もずいぶんとずさんになり、試合が始まり四、五回になると簡単に無料入場ができた。まばらな客の痛烈な野次だけが目立つようになった。

「豊田！　昨日飲みすぎたとか！」

「ポンちゃん（木下弘）、また女遊びしたとやなかと……」

あれほど熱狂的に温かい声援を送っていたファンも、弱いライオンズに容赦なく罵声を浴びせ続けた。敗け試合が多くなると帰りの足も早くなる。七、八回になるとゾロゾロと球場から人が出てきたものだ。ヤケクソ気分で酒は飲むのかもしれないが、ラムネ・ジュース類には目もくれず、足早に坂道を下っていく。

そんな坂道が、久びさに陽の目を見るようになったのが昭和三十八年、豊田を国鉄スワローズにトレードに出し、ロイ、バーマ、ウィルソンの三外国人を獲得し、中西監督の下で五年ぶりに優勝した時だ。

高校一年になっていたボクは、何と、父がダフ屋から手に入れた日本シリーズの入場券を握りしめながら、堂々とこの坂道を踏みしめていたのである。坂道の入口に掲げられた「祝　日本シリーズ」の文字が、何だか自分のことのように嬉しかった。座席は三塁側、巨人ファンの前では長嶋茂雄が派手なジェスチャーでプレーをしていた。

がなぜか、この日の試合はあまり印象に残っていない。それもそのはずだ。あの城壁に囲まれた野暮ったい球場がモダンな球場に改築されている。それに呼応するかのように、この試合も三外人の活躍ばかりが目につき、田舎の野戦場で自由奔放に、しかも豪快に戦う野武士の雄叫びが聞こえてこない。お客の声援も何だかヨソ行きだ。西鉄ライオンズの野球は単純明快な野球であったはずだ。どこかで何かが狂い始めている……。

この年を境に、西鉄ライオンズは落ちていく。ライオンズの親会社・西日本鉄道のズサンな経営が命取りとなり、昭和四十四年、黒い霧事件、四十七年、太平洋クラブに身売り、五十一年にはクラウンライター、五十三年には西武鉄道への身売り。この夢街道はありきたりの坂道となってしまった。

平成二年、久しぶりに博多の街でタクシーに乗る機会があった。博多のタクシーの運転手さんには野球ファンが多い。ボクと同世代の運転手さんと西鉄ライオンズの話で大いに盛り上がった時、西鉄バスが進路を妨害するかのように割り込んできた。

「このバカ鉄が……」

怒りを込めて吐く言葉から、ライオンズを見捨てた西日本鉄道への悔しさが伝わってきた。そんな彼は、当時地元の球団になったダイエーホークスを、何となく応援していると言っていた。何となく……。

■

ボクが最後にこの坂道を歩いたのは、博多を離れる前の年、昭和三十九年の初夏であった。ボクの高校が甲子園への切符を賭けて平和台球場で試合をやった時である。前日に父が脳溢血で亡くなったにもかかわらず、なぜか平和台球場のあの坂道を踏みしめていたのである。坂道から見上げる球場は、あの日あの時の無骨さもなくスマートに建っていた。

一歩一歩と進む坂道の両側には、一、二軒の露店が出ていた。手拭いを首に巻きアイスキャンディーを売るオッサンと、ラムネの栓を抜く息子に、ボクと亡き父の姿を見る思いであった。父は西鉄ライオンズのことを多くは語らなかったが、この坂道を生活の場として、そしてボクの夢の坂道としてこよなく愛していたに違いない。ボクもこの坂道からいろんなことを学んだ気がする。

博多の街にドーム球場は似つかわしくない。今度帰福する時は、ぜひあの坂道をゆっくりと踏みしめたいものだ。父の元気なラムネ売りの声が聞こえてくるかもしれない……。

北九州エレジー

平成六年、第二回北九州演劇祭に招聘された時のことである。機上から見る博多は、実に調和がとれている。青い海に緑の山々。食べ物が美味しい理由がよく分かる。ボクが空腹を抱えながら駆けずり回っていた街も、今や立派な都市に変貌している……。

ボクが初めて飛行機たるものに乗ったのは、高校一年生の時だ。当時、新聞配達をしていたボクに、飛行機に乗れるチャンスが訪れたのである。「新聞少年作文コンクール一等賞・九州一周空の旅」。こんなポスターが販売所の掲示板に貼り出された。

ボクにとって飛行機なんぞに乗れる人は、まさに雲の上の人種。これこそ千載一遇のチャンスとばかり、慣れない文章を、ただただ書きなぐっただけなのに、何と一等賞。早速新聞にも坊主頭の写真と文章が掲載され、あまり勉強もしていなかったボクとしては、照れ臭いやら恥ずかしいやら。当時ボクが働いていた店の主の政治力か？　もしくは、ボクの勤続年数のキャリアか？　純真無垢なる子供心に余計な思いをめぐらせた記憶がある。

それはそれとして、飛行機に乗ると決まった時の喜びと不安も、一気にきてしまったから大変である。

「お前、落ちたらグチャグチャになると、知っとうや……」

「飛び立つ時、小便チビるけん、パンツ二、三枚持っとかないかんとよ」

「キヨシ、遺書書いとけよ……」

周りの人間がボクに掛ける言葉は、一様に脅しと不安を抱かせる台詞ばかりである。単純に飛行機に乗れることに浮かれていたボクが、奈落の底に落とされたのも当然だ。

さて、いよいよ九州一周飛行の日がやってきた。詰め襟の学生服に、卵でテカテカに固めた学生帽を頭に乗せて板付飛行場（現在の福岡国際空港）に集合。

「キヨシちゃん、帽子が……一等賞らしゅうなか。不良のごたるよ……」

同乗することになった新聞店の店主が一言。そういえば当時の不良学生の流行であった、卵と油でピカピカに固めた学帽は、搭乗記念撮影には似つかわしくなかったのかもしれない。あとで記念写真を見ると、何と一人だけ帽子を被っていなかったのである。

空の上から見る風景は、不安と恐怖を忘れさせるほどの驚きであった。阿蘇山の壮大さ、マッチ箱の街並み、青い海。何だか自分が人間であることを忘れさせてくれる一時間であった。

と、ここまでは順調にきたのであるが、最後のフィニッシュのところで、まさか不安と恐怖が訪れようとは……。無事、飛行機が着陸しホッとしたのも束の間、座席ベルトが外れないのである。引っ張っても駄目、叩いてもビクともしない。周囲を見渡すと、皆なにごともなく席を立っていく。「何てこった!」。

座席の側のスチュワーデスの絵のボタンを押せば、前方に立っている美しい係員が、親切に処置してくれるであろう……。しかし、ボクにもボクの意地がある! 綺麗な何となく気取ったお姐さんに馬鹿にされたくもないし……なんて思っているうちに周りには誰もいなくなった。このままじっと座っていると、スチュワーデスが心配して駆け寄ってくるであろう。判断、決断の時である。

答えは簡単である。輪になった座席ベルトをくぐり抜ければよいのである。周囲を見渡しても誰もいない。この光景を見て笑う者はいない。「座席ベルト抜けのキヨシ」が誕生した瞬間である。少々シンドイ作業であったが無事成功。なにごともなかったように、綺麗なお姐さんに会釈をしながら機内を立ち去った次第である。

それにしても、ただ一つ、輪になったままの座席ベルトを見た整備作業人は、不思議に思わなかったであろうか?

■

そんなエピソードを思い出しながら、飛行機は福岡国際空港に着陸。今回の目的地である北九州に向かう。

博多から北九州に向かう車窓からの風景に時代の流れを感じる。かつての工業地帯のシンボルであった溶鉱炉の火が消え、何とロケットが建っていた（八幡製鉄所跡地が宇宙をテーマにしたテーマパークになっている）。石炭、鉄と隆盛を極めた北九州の各駅を乗り降りする人たちの顔が、今一つ精気を感じさせないのも、あながち気のせいばかりとはいえないようだ。

「昨日の新聞見たと？」

「ドンパチやなかね？」

「小倉の駅前のホテルでやったごたあねえ。どうせ暴力団やろう……これで八件目じゃなかかね」

活気を失った街で、暴力団もまた生き残りを賭けた必死の闘いを続けているのであろう。行政も然り、起死回生とばかり平成五年より「北九州演劇祭」と銘打って「文化」に活路を見いだそうとしている。今回はボクがプロデュースした『片桐はいり一人芝居』が呼ばれた次第である。

まずはオープニングセレモニーが催される門司港へ。戦前・戦後、大陸への表玄関であった門司港も、今はすっかり寂れ果ててしまっていた。この街も復活を賭けて、駅前に残る古い建物の化粧直しをしながら「レトロの街」としてPR中である。

セレモニー会場の前は関門海峡である。街を歩いていると「港町一番地」と町名が記されている。町の再開発に伴い、由緒ある町名が消される現在、これは快挙である。港があるから港町。人参畑があったから人参町。その土地の持つ歴史、臭いが、いとも簡単に、お役所的に処理されることに憤りを感じていたボクは、思わず美空ひばりの『港町十三番地』を口ずさんだ次第である。門司港と下関を結ぶ渡船場も何とものどかで、映画のセットを見ているようである。ふらりとフーテンの寅さんあたりが降りてきてもおかしくない風景である。

■

「キヨシ、よく来たネ。おじいちゃんが美味しいフグごちそうしてあげるけんネ」

そういえば、六、七歳の時、父に連れられおじいちゃんが経営するクラブに来たのがこの門司港である。朝鮮戦争の影響を受けて門司港も活気を呈していた。商社、銀行、税関が建ち並び、おじいちゃんの経営するクラブは社交場として繁盛していた。日露戦争で騎馬隊長として活躍したおじいちゃんは、孫であるボクに男としての威厳を見せようとしていた。そんなことよりも、子供心に、クラブで働く女給さんたちの白粉の香り、真紅の口紅、西洋の艶やかな衣装の見事さを刻みつけられた記憶がある。

渡船場から海を眺めると、

「キヨシ！　男は夢とロマンと冒険たい！」

大陸に渡り、岡田旅館を経営し財をなし、戦後、引き揚げてきて裸一貫、門司でクラブを経営し続けたおじいちゃんの声が聞こえるような気がする。

■

オープニングセレモニーを終え、今日の宿である小倉に向かう。式典の市長の挨拶にも出てきた暴力団ドンパチの地・小倉である。

東京でホテルガイドブックを手にして決めたのが「小倉リコホテル」。理由はリコ、スペイン語で立派な、素晴らしい、金持の、美味な……という意味。このスペイン語の名前が気に入ってこのホテルを予約した。ましてや小倉駅から徒歩三分。芝居の会場「ラフォーレ・ミュージアム小倉」からも五分との立地条件。あとは行ってみてのお楽しみ……。

というのも東京での電話で、

「芝居で来るんですか？　でも先日も三橋美智也さんが来たんですが……古いということで他のホテルに代わられたんですが……よかですか？　でも、以前、鳳啓介、京唄子さんは泊まりましたよ。誰が来られるんですか？」

「いや、北九州演劇祭で……」

小倉Ricoホテル、若松
八幡 戸畑 門司
門司港駅
北九州演劇祭
大正3年建築
重要文化財

「何ですかそれは？……どこでやるんですか？」

こんなやりとりがあったもんだから、余計、何かあるなと思いつつ小倉駅に降り立つ。小倉駅前からネオンが見えるのだが、その道中が大変だ。ピンクサロンあり、ストリップ劇場あり、薔薇族専門の映画館あり、の小路を通り抜けねばならないのである。数人の客引きの兄ちゃんの声を浴びながら無事リコホテルに到着。何とこの周囲はすべてソープランド。いやはや、大変なところに皆を連れてきたものである。

翌朝、「リコホテル」の話題でもち切り。

「部屋の足元見えた？」

なんだ……そうだったのか……ボクの部屋だけ、電球が切れていたのだと思っていたのに……。部屋の電気をつけると机の上の小さな白灯だけ。何とも寂しい気分にさせてくれるではないか！

「浴室のビニールカーテン、半分切れてなかった？」

なんだ……皆、同じだったのか……ボクの部屋だけがカビついて、半分切り落としてしまったのだと思ったのに……。

そんなことばかりである。

「それにしても、サカリのついた野良猫のうるさかったこと……」

いやはや、超一級風俗地区にふさわしい鳴き声であった。もしかしたらこの猥雑なロケーションの中で咆哮している野良猫のエネルギーにこそ、北九州再生の道があるのではないか……そんなことを思いながら、

「いや皆さん、このホテルの体験は貴重ですヨ。どこもかしこも無味無臭、味気ない予定調和のホテルばかり。こんなホテルに泊まれたことに感謝しなきゃ……。エピソードのない旅なんて、つまらんもんです」

さすがプロデューサーのボク、これくらいのことは言い切って当たり前。これで皆の愚痴もピタリと止まった次第である。ものの見方、考え方一つで世界は如何ようにも楽しめる。

この日の芝居がハネたあと、地元の人たちが一様に、

「リコホテル？　よりによって何であんなところに……暴力団ピストル発砲事件のあったとこたい」

突如として起こるドンパチ、野良猫の嬌声は、ボクたちへの歓迎の挨拶であり、寂れゆく北九州への哀歌なのかもしれない……。

東中洲

「東中洲」が寂れていく。かつては博多の街の中心地であり、娯楽の殿堂であったこの地区も、時代の流れに勝てずに、その地位を全面的に「天神」に明け渡すことになる。モダンボーイ・ガールが闊歩する天神には、無味無臭、人畜無害の不健康さが漂っている。精神が病み、それを取り繕うために身に着けたファッションが妙に浮いて見える。

東中洲よ！　お前が悪いのではない。これは時代の必然である。東中洲が言い訳をすればするほど、なお一層、悲しいネオンを灯さねばならないのだ。東中洲をこよなく愛し、生計の場として、またある時は、無限の夢を育んでくれた、その時代の東中洲について語らずにはおれない。

■

東中洲は懐が深い。一杯飲み屋もあれば、高級クラブもある。芸術映画館もあればピンク映画館もある。もちろんポン引きのおばさんも、手ぐすねを引いて立っている。

「いい娘おるよ、寄らんね……」

那珂川の辺りにこれらのおばさんの顔が、歓楽街のネオンに映し出される時、なぜかウキウキ、ワクワクするのは健康の証しでもある。

「おばさんじゃ、よかよ。ほんなごと若い娘ネ……」

「若うなかったら金返すけん、信用しんしゃい！」

そう言って酔っ払いの客は、おばさんと一緒に春吉の橋を渡っていく。橋の上では旅芸人風のおじさんが厚化粧で踊っている。「南国土佐をあとにして〜」。踊りは下手だが、生活感溢れる中洲のネオンが、どんな立派な照明でも敵わない効果をあげている。那珂川と博多川に挟まれたこの東中洲は、まさに自然が造り出したユートピアであった。

春吉橋の手前にある三角地帯「南新地」は、今や日本有数のソープランド地帯である。かつてこの地はボクらの絶好の遊び場でもあった。清流公園から那珂川に飛び込む姿は今では考えられないが、昭和二十年代後半の那珂川はボクらと魚たちが立派に共存していた。

「何やそれ？」

「風船のごたるネ……」

「水入れたらボンボンになるたい」

那珂川に流れるスキンを見つけては膨らませ水を入れ、好きな女の子にプレゼントする馬鹿なヤツもいた。昼の遊び場は那珂川、夜になると春吉橋を渡り大人の遊び場にも侵入していくツヤつけた（ませた）少年の一団もいた。

「昨日くさ、途中から雨が降りだしたけん、知らん人の家の軒下にくさ雨宿りばしとったらくさ……姐ちゃんがオレば見て……

『何ばしようと？』

『傘がないけん……』

『可愛か顔して……気持ちんよかことしてあげようか……』

『金なかよ』

『なんばいいようとネ、可愛かチンチン、見せんしゃい』

その姐ちゃん、オレのズボンばいきなり下げてくさ、チンチンば、口に入れて……いや、気持ちよかったばい……天国に行ったごたるたい」

春吉の小路に立つ娼婦の年齢は様ざま、一〇〇メートルの路上に居並ぶ姿は絵巻きものさながら、暗さがない。声を掛けるお姐さんたちのカラッとした明るさは一体何なんだろう？　そんな通りを歩き過ぎるだけで元気が出てくる。年いかない少年たちも、ついついブラブラしたくなる。そんな時のエピソードを自慢げに話してくれる少年は、ボクらの中でも一躍スター的な存在になる。

そんな春吉にも、今はイタリアの有名な建築家のデザインによるモダンなホテルが幅をきかせているという。あの日あの時の、お姐さんたちの嬌声は、そのモダンなホテルでいかように変調しているのであろうか……。

▩

国体道路から北西に位置する東中洲一帯は、玄人筋の人たち、社用族が出入りするクラブ、居酒屋などがひしめいていた。春吉近辺に屯するお姐さんたちとは違い、ツーンとすました姐さんたちが何となく新しい時代を予感させてくれた。

そんな一角に、「SY松竹座」という名の映画館があった。アメリカ映画の常設館で、いつも長蛇の列ができていた。チャールストン・ヘストン主演の『北京の55日』、ジョン・ウェイン主演の『アラモ』、大きなスクリーンに展開される物語は、当時の貧しさを忘れさせる夢の時間でもあった。これらの映画には必ずテーマ曲があり、ボクも新聞配達をしながら何度も口ずさんでいた。暗闇の怖さから逃げるため、猛犬に立ち向かう時、これらのテーマ曲はボクに一時の勇気を与えてくれた。『アラモ』が当たりに当たり、SY松竹座の一角に「アラモ」という名の喫茶店ができてしまったほどである。そんな伝説的な映画館も消え、今は何の変哲もない一角になっていると聞いている。

ここから少し北、博多川の近くに行ったところに博多有数のストリップ劇場があった。

「今日の踊り子のオッパイ、ツーンやネ」

「あの娘はよかばってん、その前のババアはよ、引退せんな。ケツたれてくさ……」

ここ「川丈劇場」の前では博多の男衆の井戸端会議が始まっていた。劇場の前に立て掛けられた踊り子さんの絵看板を前にして論評を加えるのが当時の粋なストリップ鑑賞法であった。この劇場の隣りには「川丈旅館」もあり、地方からの観光客にも、泊まりとストリップの抱き合わせで、うまい商売をしていたのではなかろうか?

この劇場のすぐ近くにボクのバイト先の「馬場新聞店」があり、劇場の裸の看板はボクにとってても大変刺激的であった。看板の横には「十八歳未満の入場は出来ません」。もちろんイガグリ頭のボクに観られるはずがない。

「キヨシさん、集金頼んでよかネ」

「どこですか?」

「川丈たい……旅館じゃなか、劇場の方たい……キヨシさんじゃまずかかいな?」

「いや! よかです。集金してきます!」

新聞店の番頭さんから意外なチャンスが舞い込んできた。

「毎日新聞の集金に来ました」

「ああ、事務所の方に行きんしゃい」

しめた! 入口で集金を済ませたらせっかくのチャンスもフイ。一目散でまずは劇場内に入る。事務所で集金を済ませたあと、周りの様子を窺ってドアを開ける。立ち見客で一杯であった。もちろんボクの身長では舞台は見えない。しかし、ここであっさりと退散するボクではない。立ち見客のお尻をかき分けながら目にした舞台。演歌の曲に合わせながら帯を解き、一枚また一枚と脱ぎながら、五色の照明に照らし出される裸身の何と艶やかなことであったか……。ボクの眼に焼き付いたこの光景は、まさにボクにとってのヰタ・セクスアリスの幕開けでもあった。

■

川丈劇場から那珂川寄りに走る楽天地通りには「多門松竹」と「福岡東映」があった。多門松竹はピンク専門館。「濡れた……」「……欲情」とか、まだ意味が解明できぬながらも、その怪し気なタイトルになぜか心というより身体にムズムズと惹かれるものがあった。しかしながら、当時のボクらの話題は、何といっても東映映画。多門松竹の前にある福岡東映は憧れの映画館であった。

「ヒャラーリヒャラリコー、『笛吹童子』観たや?」

「中村錦之助と東千代之介、どっちが好いとうや」

こんな会話についていけないと、人気者になれないというより存在感を持ち得ないくらいのシロモノであった。ましてや映画好きのボクが見逃しては一大事。といってもお金がない。となれば無料入場しかない。福岡東映の前には「無料入場お断り」という貼り紙がしてある。当たり前のことである。だが、誰しもできぬ困難なことにチャレンジしていくのがボクの身上。タダ入りのコツは次のとおりである。

一、入れ替えの混雑した時を狙う。

一、決してオドオドしない。平常心を装う。

一、モギリの人にマークされない。

以上のことを心して、いよいよ実践に入る。まずは多門松竹あたりから、映画の終了直前の福岡東映の入口付近の観察。いよいよ映画が終わり、次の上映のお客さんとの入れ替えの時が絶好のチャンスである。多門松竹から素早く福岡東映の切符売り場に移動。切符売り場には、もちろん、たくさんの人が並んでいる。この客の中から見るからにお父さん風の人をマークし、その人の横にピッタリと寄り添う。どこのオッサンとも知れない人の子供になり切ることである。小学生以下の子供は親と同伴でなければ入場できないからである。切符を買うまでは、このオッサンにあまり慣れ親しむと警戒されるので、このへんは付かず離れずといったところか。最大のポイント、勝負時はオッサンが切符を買っていよいよ入場する時である。

「混雑していますので切符は一人一枚……」

「お子さんは手をつないで……」

モギリの人たちの声が掛かると同時に、見知らぬオッサンの手、もしくは衣服をつかむのである。一瞬、つかまれたオッサンの迷惑そうな顔、不審気な顔には甘えるような顔で応えること。あとはドサクサに紛れて館内に駆け込むのみ。

『笛吹童子』『紅孔雀』、これらの映画を観るたびに、一日お父さんになってくれた見ず知らずのオッサンにただただ感謝。あの日あの時に見た夢は、未だ見続けています……。

楽天地の通りから西鉄電車の「東中洲」付近は、書いて字のごとく楽天地。博多日活、福岡松竹、東宝劇場、大洋映劇、ニュー大洋。名だたる映画館がひしめいていた。博多日活で観た『力道山物語・怒涛の男』、福岡松竹で観た伴淳・アチャコの「二等兵物語シリーズ」、東宝劇場での『ゴジラの逆襲』などは今も印象的である。

ただし、これらの映画のすべてを例の「一日お父さん」方式で入場したわけではない。『力道山物語』だけは「ホンモノのお父さん」にしっかり手を握られて堂々と胸を張って入場した記憶がある。

「キヨシ、力道山のごと強か男にならんといかんとよ。ホントの男のツヨサは……」

父の〝男〟の話よりも何よりも、帰りに寄った「べん天寿司」の何と美味しかったことか。生まれて初めて寿司らしき寿司を食べたのである。

■

東中洲の電停の前には「福岡玉屋」デパートがあった。このデパートも天神界隈のデパートにすっかり客を奪われ、今では別の店になってしまった。

当時、お金のない少年にとって玉屋は遊園地でもあった。各階に陳列されている品々を見ているだけで大満足。夕方頃になると電器売り場で、話題のテレビで相撲観戦。美男力士「吉葉山」の勝負に一喜一憂したものである。屋内に飽きがくると、屋上に上がり、ブランコ、すべり台。お金がいらない乗り物で徹底的に遊んでいた。屋上のもう一つの楽しみは、小さな生き物を見ることであった。

「カメ、あげるけん、持っていかんネ」

亀売り場のおばさんがボクにカメをくれたことがあった。いつまでもカメを見続けるボクの姿を見かねてのことだろう。水槽の中でゆったりと悠揚迫らず、我が道をいくといった風情に、心惹かれるものがあったのだろう。家に持って帰って見るカメも、子供心になぜかある種の安らぎを与えてくれた。「あせるな！　キヨシ。落ち着け！　キヨシ。首を引っ込めろ！」。コマネズミのように動き回っているボクに対しての警告だったのかもしれない。

その後のボクは、はやる気持を抑え切れずに東京へと飛び立っていったのだが。カメは万年である、東中洲の川の片隅でひっそりとマイペースで生きているのかもしれない。「疲れたらいつでも博多に戻ってきんしゃい……」。あの日あの時のカメが、寂れゆく東中洲にも何一つ動揺することなく語りかけているようでもある。

東中洲電停と五〇メートル道路に挟まれた一角が、東中洲の一番西寄りの繁華街であった。繁華街といっても、東中洲の中でも西洋文化の香りを感じさせてくれる地域であった。その役割を担ってくれたのが「東宝名画座」である。ベルイマン、フェリーニ、ワイダ、ルイ・マルなどなど。映画の懐の深さを教えてくれた映画館であった。

「オカダ君。映画が芸術であることを友人たちに教えてやらんネ」

東宝名画座の支配人にフトした縁で知り合い、会うたびに語りかけられた台詞である。映画は芸術であったのだ！　確かに……ただただ夢見る少年にとって気晴らしの映画が、人生そのものを丸抱えで突きつけてくるものであったとは……。その日以来、スクリーンに映し出される光と影の、一コマ一コマを見落としてなるものか……スクリーンとの真剣勝負が始まったのである。この場所には、福岡宝塚劇場、スカラ座、東宝シネマもあり、芸術映画と対峙するには絶好の地であった。映画のチカラがボクに創造のチカラを与えてくれた。

■

これらの映画館も今はない。東中洲の佇まいは、確かに急速な時代の流れについていけない。街の持つ臭い、いかがわしさ、危うさを今なお矜持しているからである。これらを丸抱えしているからこそ、人間の喜怒哀楽に通ずるドラマが生まれるのである。そんな街に建つ映画館こそ「映画」がよく似合う。人工の街に建つ人工の映画館にシティーボーイ、シティーガールが集まるのも至極当然のことである。

映画も当然ながら生き物である。清流公園から博多湾に近い中島公園に至るこの中洲地帯に身を置いた少年も、はや半世紀以上生きたことになる。あの日あの時、夢とロマンと冒険心を育んでくれた東中洲に恩返しする時がきたようである。東中洲に生まれた数々のドラマは、まさしく血の通った「映画」そのものである。ボクの瞼に焼き付けられた東中洲、そして博多の街、そして西鉄ライオンズの物語を銀幕の世界に返してやらねばならない。

明かりが消え、真白なスクリーンに、あの日あの時のドラマが映し出された時、ボクの新たな人生が始まるのかもしれない……。それはまさしく女陰の形をした東中洲の地から新しい生命が産み出される瞬間でもある……。

ボクにとっての中洲の街、中洲の川はいつまでも純情の情感が流れている。

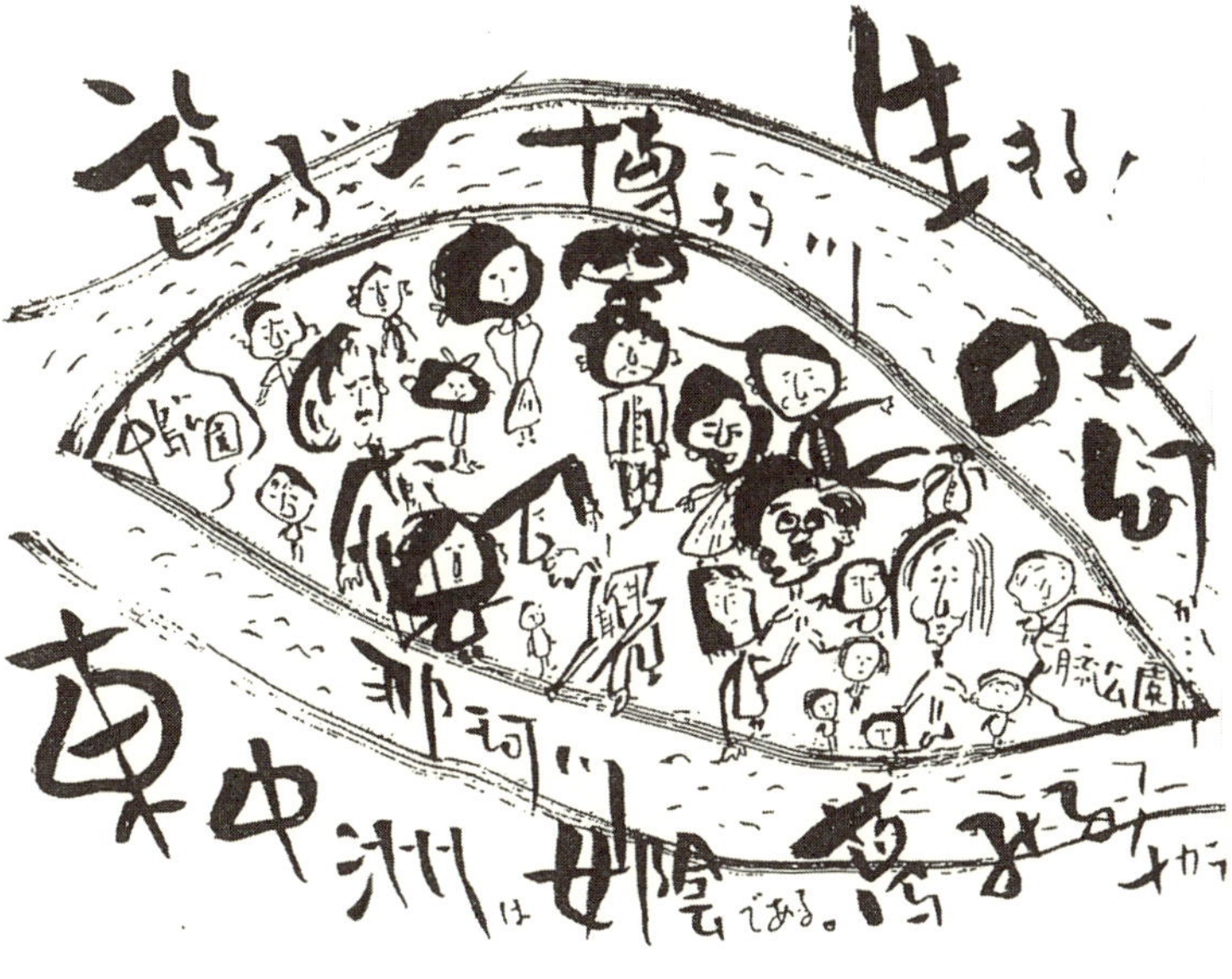
遊ぶ
博多川
生きる!
ロマン街
那珂川
東中洲は女陰である。

激情編

ライオンズ

指定席

昭和五十三年の秋、久しぶりの帰福であった。芝居稽古で疲れた身体を休めるため、それとも博多の空気が吸いたくなったのか。

その日もブラリブラリと散策したあと、お定まりのラーメン屋へ。博多のラーメンは日本一、いや世界一の麵類だと思っている。コクのあるスープを一滴も残すまいと啜っている時である。ラジオからクラウン身売りの報！　しかもである、我ら西鉄ライオンズは、博多っ子いや九州っ子の手の届かないところへ行ってしまうというのである。

終わった！　半世紀もの間、自分の中に棲みついていた懐かしき祭りを、まるで傍若無人に、中央の手垢のついた奴らが奪っていく。ラジオから流れてくるアナウンサーの声に、あのかつての平和台球場のどよめきが、野武士のライオンズ選手の一投一打が、ライオンズが勝つことで衣食住を忘れた幸福な時間が、そして太平洋クラブ、クラウンライターズに身売りされてもなお声援を送り続けてきた無数の無名のライオンズファンの顔が、声が、オーバーラップしてくる。

戦後九州に文化があったとすれば、それは「西鉄ライオンズ」に他ならない。文化は上から見下すものでもなければ、下から見上げるものでもない。その土地に生活し、自分の地位、名誉、富に関係なく、純粋にキラキラと輝く無垢なる存在、それが我らが西鉄ライオンズであった。

ゲルマニウムラジオから聞こえる放送に一喜一憂した少年たちは今やおじさんになっている。がしかし、まだまだくたばるわけにはいかない。あの日あの時の我らの西鉄ライオンズを取り戻すためにも……。

■

「指定席」、平和台球場の有料席ではない。外野席の後ろに聳え立つ樹木のことである。旧平和台球場のバックスクリーンの前にはポールがあった。そのポールの上には一個の球が乗っていた。未だ破られることのない、中西太がかっ飛ばした打球の球跡を記念してのポールである。あの中西太もバックスクリーン後ろの樹木を目指して打席に立ったのであろうか。

試合開始二時間前には、この樹木の上はもうすでに満席。人の花で満開である。入場は無料。ただし、樹から落ちても補償はなし。それぞれの樹木は一等席、二等席、三等席と名づけられていた。もちろん外野席はない。樹木にもそれぞれクセがあって、見やすいところは登りにくいし、そしてその逆も。

　子供であったボクにとって一番必要性を感じたのは、樹にうまく登れること、高所恐怖症を取り除くことの二点であった。お金を持てない少年にはマスターせねばならないことであった。家の中でのゲルマニウムラジオから野球場へ、夢みたいな話であった。目の前にあの大下弘が、稲尾和久が見られるのであった。その時間はまさに、樹木に花咲く、大名桜といったところか。

　朝から晩までライオンズに明け、ライオンズに暮れた時代である。ライオンズの情報をより知っている少年が、クラスの人気者になるのである。

■

　夢中になりすぎての失敗談。昭和三十三年日本シリーズ第五戦の時である。

　当時は昼間に開催され、学校の授業中に試合があり、勉強が手につかないのは当たり前の話である。手作りのゲルマニウムラジオを手にして、というより懐に忍ばせて。

　これがやっかいである。このラジオ、今のラジオと違いコードが必要なのである。電源につなぐコードではない。カーテンレールとかに洗濯挟みみたいなものでとめるのである。アンテナの役目をさせるため、ある長さとある高さが必要である。コードが見えないように工夫するのに一苦労。まさにスパイ並みの工作である。

指定席

いよいよ試合開始とともに授業開始！　先生の目を盗んでの放送傍受、そして友だちへの回覧板。戦場さながらの忙しさである。シリーズ第三戦まで巨人に三連敗、ようやく第四戦をモノにしての第五戦である。

問題の九回裏、得点は三対二で巨人のリード。小淵の一打をめぐりフェアかファウルかの一悶着があり、ここはあの東映△マークのお姫様女優・高千穂ひづるのお父さん・二出川延明名審判の名さばきにより一件落着。小淵の二塁打に落ちついたものの、期待のフトシさんが簡単に初球を打ってツーアウト。もはやライオンズこれまでかと思いきや、あのいぶし銀の関口がセンター前ヒット！　同点！

この時ボクは、思わず絶叫！……。あとは二時間ばかり教室の前の廊下に立たされた次第。だが、その後の稲尾のサヨナラホームランといい、この日は少年にとっては最良の日となった次第である。

ラジオと試合を結ぶ点と線。点と線を夢多き万華鏡にしてくれたのが「ライオンズ」であった。夢が夢として立派に存在し得た良き時代であった。

■

音だけの世界から現場に少しでも近づいていたい一心から、平和台球場のラムネ・ジュース売りのバイトをし始めた。学校を終え、一目散に平和台球場に向かうのである。試合開始は六時半、その準備のためというより場所取りのために、遅くとも三時には球場に向かわなければならない。

昭和二十九年西鉄初優勝以来、平和台球場に来る観客数はウナギ上り。弁当屋あり帽子屋あり、やはり一番多かったのは飲物類を売る露天商であった。西鉄市内電車の平和台球場前駅から入場券売り場に行く坂道は、この中でも一等地。誰が定めたか知らねども、すでに暗黙の了解で指定席は古株の露天商に陣取られ、そのわずかな空地を狙って我ら少年アルバイトが場所取りをするのである。恐いおじさんに嫌がらせをされても、平和台球場の目の前にいるということで、ボクは幸福の絶頂であった。

そして場所取りの報酬にトランジスタラジオを買ってもらったのである。このラジオはコードがいらず、高感度、高音質で、夢のようなできごとであった。ラジオを片手に実況放送を聞いてのラムネ・ジュース売り。仕事も一向に苦にならないのは当然である。球場の外ではあるが、徒歩一分のところで試合が行われている臨場感が気持ちを十分に満たしてくれた。

その他にもう一つ楽しみが残されていた。だいたい八回ぐらいから入口の球場員がいなくなるのである。最後の勝利の一瞬を味わうために一目散に一塁側の観客席へ。その一瞬を味わったらまたラムネ売り場へ。この間の十分間は一番忙しい時間である。

勝った時と負けた時ではやっぱり売り上げも違ってくる。勝った時に出てくる人たちの顔は皆恵比寿顔。熱い声援に声も枯れたのであろう、必ずラムネ・ジュースを飲んでいく。ライオンズが勝てば、こちらも当然うるおった次第である。売る方の気持ちと飲む方の気持ちが、しっくりいくのも当たり前。

■

このラムネ売りの時に一番印象に残ったのはやっぱり、あの日あの時。その日はあの神様・仏様・稲尾様・稲尾投手の素晴らしいピッチングで勝った時である。

試合も終わって、一時間半ほど経ったころである。商売もほぼメドがつき、片づけをしている時であった。「ラムネ二本」という声でお客の方を見ると、何と何とあの神様、いや稲尾様と、バッテリーを組んでいた河合捕手の二人である。少年が驚きふるえるのは当然であろう。手もブルブル、なかなかラムネの玉が抜けなかった。

あー神様がラムネを飲んでいる。神様のラムネの飲み方は？　じっと眼を凝らして観察していたのであるが、こればっかりはどんな人であろうが大差はない。でも、神様に自らの手でラムネの玉を抜いたことは、そうそう誰しもが経験できることではない。

「いくら？」

神様が……ただただ感激感激の少年は、いっちょまえに、

「お金はいいです」

と答える。

「いやいや、そんなことはできません」

神様の謙虚にして当たり前の返答。結局、お金は頂き、記念とばかりに、ハンカチにサインをもらう。この時の稲尾和久投手の笑顔を一生忘れることはないだろう。

その後の西鉄監督、黒い霧事件、中日ドラゴンズコーチ、九州博多への新球団要請運動、そしてロッテオリオンズの監督。往年の野武士野球で、当時蔓延しつつあった管理野球を徹底的に叩いて欲しかった。最下位でもいいじゃないか。かつて野球が人の前で見せてくれた、壮大なロマンを再び稲尾流で展開して欲しかったのだが……。

それに比して、かつての西鉄ライオンズの面々、そしてそれを受け継いだ、太田、東尾、真弓（ライオンズ―阪神）、基（ライオンズ―大洋）、竹之内（ライオンズ―阪神）、若菜（ライオンズ―阪神―大洋）、一クセも二クセもあるこれらの選手こそが、プロ野球を面白くする仕事人であった。

話を元に戻そう。あの時の稲尾選手のハンカチは少年にとって唯一の宝物であった。同級生にもずいぶんと公開しまくった。そのおかげかどうか、級長というポジションまで手にした次第だ。しかし、その後このハンカチはふとした機会で消えちまったのである。この話はまたあとで書くとしよう。

■

あの当時、平和台球場周辺での商いで一番ユニークだったのはやはり、リンゴ箱を売ることであった。野球場とリンゴ箱の関係もおかしなものであるが、これが飛ぶように売れたのである。当時の平和台球場は連日超満員。満員になれば立ち見が出るのは当たり前。立ち見も後ろの方になると全く見えない。そこでリンゴ箱が役に立つ次第だ。

球場の周りは石垣に囲まれており、一番上のところに鉄条網をはりめぐらして只見を防いでいた。中には石垣を登り、血だらけになって鉄条網をかいくぐっていく決死の只見客も何人かはいた。リンゴ箱を売る時にこの鉄条網が非常に役に立ったのである。上からお客さんが、百円札を丸めて落とす（まだ百円玉がなかった時代である）、それと引き替えに、下からリンゴ箱をエイ！ と放り上げる。鉄条網の上にうまく引っ掛かるように投げるのである。引っ掛からずに下に落ち、リンゴ箱が木っ端みじんになることもしばしばであった。

最後列の立ち見客はリンゴ箱一個では役に立たず、三個買わねばならない。まさに決死の野球観戦であった。事実、リンゴ箱から落っこちて大怪我した人もいるそうな。これほど熱狂的な野球の時代を、その後、聞いたことがない。やる方も見る方も命がけである。

ちなみにこの時、リンゴ箱一個五円の仕入れで、九十五円の利益である。一日百個は軽く売りさばいた。リンゴ箱に乗っかって、夢の時間を買えた良き時代の話である。

■

鉄条網の球場もその後姿を変え、入口に至るあの坂道も人が絶え、ついには球団までもがなくなった。誰が悪いのか、何がそうさせたのか、人は皆、時代が悪いと嘘ぶいてしまう。ライオンズが所沢に去ると同時に、街並みは東京に追いつけ、追い越せとばかりのキンキラ建物がおっ建ち、市電はなくなり、モグラの地下鉄。香りがある博多の街も、ただの都会に成り下がってしまった。

やはり西鉄ライオンズは九州博多の背骨であったのだ。

街が様変わりすると、人の気持ちまであいまいになってしまうのであろうか。寂しいような悲しいような、そしてまた痛みすら感じる次第だ。というのは、たまたま西武ライオンズが平和台に遠征した時のあの博多の観客の無節操なはしゃぎっぷりである。

確か西武が買い取った一、二年ばかりは、平和台で西武主催のゲームをやることで、博多の人々に十分におもねていたはずだ。それがどうだ、三年目からは、ピタリと止めてしまった。

そんな企業オンリー球団のゲームで、三塁側で嬉々としているかつての西鉄ライオンズファンは……いや、責めてはならないのであろう。その人たちも野球場に足を運ぶことによって、あの西鉄ライオンズを思い起こしているに違いないからである。ライオンズという名前にまだまだ未練があるからであろう。そして最後の西鉄ライオンズの生き残りである、東尾、太田が消え去るまでは、というファンも必ずやいたに違いない。

しかし、やっぱり寂しい……。かつては球場の興奮をそのまま、職場へ、学校へ、街々へと伝えられていた共通の思いが、それぞれの中で自己完結してしまうからである。それはそうじゃないか。持っていかれた球団に浮かれれば浮かれるほど、自分が切なくなる。それくらいの誇りと痛みは、かつての西鉄ライオンズを共有した人間には分かっているはずである。そこが悲しい。

しかし、広島東洋カープを見るがいい。博多は広島より大都会ではないか。ということは、金のまわりも良いはずである。あの身売りの時、財界は何をしていたのか。博多の人間はあまりにも無防備ではなかったか。やはり西鉄ライオンズという名前が消えた時から、あの電撃的な身売りのシナリオはできあがっていたのであろうか。そういえば、その後の太平洋、クラウン、いかにも安っぽい、インチキ臭い名前であった。昔のライオンズを食いものにしようとする魂胆が見え見えであった。

■

福岡市末広町がボクの原点である。今の博多は、東京並みの区に整理され、ほどよいシティーボーイ、シティーガールが好みそうな、無臭の街に変貌してしまった。臭いのない街ほど、つまらないことはない。末広町、人参町、東領、松田町、明治町、東光など、街の名前からして人の香りが漂ってくるではないか。

中でも末広町と松田町に跨っていた「ガラの広っぱ」は、ボクらにとって夢の空地であった。学校が終わるとこの広場は少年たちの野球場になった。石炭の燃え殻を捨ててできあがったグラウンドである。

当時、革のグローブを持つことは大変なことであり、ほとんどが布製のグローブで球を追っかけたものである。布製なので傷みも早い。つぎはぎだらけのグローブを手にして第二の大下弘を夢見ていたのである。

土が少ないのと石炭ガラのデコボコのおかげで、ボールの行方は非常に気難しい。イレギュラーは当たり前、素直に転がる球を捕る方が難しくなってしまうほどであった。西鉄ライオンズというバックボーンがあれば、どんなに貧弱なグラウンドであれ、どんなに不細工なバット、グローブであれ、気持ちは豊かであった。一度雨が降れば、なかなか水が引かない。でも皆集った。長靴をはき、まるで水球競技をしているかのごとき試合もあった。

このグラウンドでの一番の悩みの種は、広場に隣接したところにお屋敷があったことである。お屋敷の庭に球が飛び込む、さて誰が取りにいくか、ジャンケンポン。負けた時のあのイヤさといったらない。猛犬に気づかれぬように探さねばならないからである。

時としてこのガラの広っぱは仮設映画館にもなった。映画全盛の時代、裕次郎、旭、片岡千恵蔵、市川右太衛門、大友柳太郎らが、ライオンズのヒーローたちとともに颯爽としていた時代である。夕方になると布切れを二本の丸太で引っ張り合った仮設スクリーンが立てられ、三々五々街の人たちが集まってくる。上映する側も心得たもので、ライオンズの試合がある日には上映しなかった。

このガラの広っぱ映画館の特長は、スクリーンを挟んでどちらからも観られることである。もちろん、片方が左右逆になるのはしようがないことであるが……。そのために、あとで映画の話をしていて食い違いが出ることもしばしばあった。

昼は野球場、夜は映画館。ガラの広っぱは、ボクらにとっては、キラキラと輝くダイヤモンドの広場であり、無尽蔵な夢を与え続けてくれた舞台でもあった。

■

あの広場も、あのお屋敷も、懐かしき街々も、街の人たちも、新博多駅建設を口実に、アスファルトの下に葬り去られてしまった。

エセ文化・文明が発達すればするほど、人の臭いが消えていく。これは「働け、追い越せ社会」の貧しき宿命なのであろう。常識では計ることのできないケタはずれの野武士軍団が、こんな世の中から落ちこぼれていったのも当然といえば当然のことだ。

昭和三十三年の日本シリーズに三連敗したあと、時の監督・三原修が選手に大枚十万円を渡し、飲みにいけと言った話はあまりにも有名だ。当時の大卒平均初任給が一万三千円である。監督も選手もスケールがでかい。遊ぶ時は徹底的に遊びまくり、グラウンドに出れば派手なドラマを展開してくれる。これがプロというものだ。七回あたりまでリードされていて、誰かが「じゃあ、そろそろ、いこうか」、この一声で、試合を引っくり返してしまう集団。身も心もズタズタに切り裂かれる野武士の軍団。人間の懐かしい臭いを惜しげもなく振りまいていった心優しき男の群団。

こんなチームは二度と見ることがないのであろうか。悲しいかな、今のプロ野球の将来を考えれば、やっぱり無理な相談であろう。

いや、そんなチームが出てきてたまるかという気持ちもある。「あの時代」「あの西鉄ライオンズ」だから可能であったのだ。あの時代にあの西鉄ライオンズを共有できたことが、ボクの誇るべき財産だ。そう思っているかつての西鉄ライオンズのファンが日本中にたくさんいることが、また唯一の救いであるのだが。

事実この眼で熱狂的ファンのいくつかの光景を、感動深く見てきた。たかが野球。しかし野球がこれほど、街を、人を、魅了したことがあったであろうか。

断じて西鉄ライオンズを歴史の闇に葬り去ってはならない。

西鉄ライオンズは圧倒的に正しい！

球場は劇場

弱小球団クラウン、太平洋ライオンズに熱い声援を送り続けた在京ライオンズファン。ある時はかつてのロッテオリオンズのフランチャイズであった下町球場・東京球場へ、そしてある時は後楽園球場へ、九州の弱小球団が上京するたびに、この二つの球場スタンドは三塁側から埋まっていった。そのほとんどが、九州の出身者であったのはいうまでもない……。

今はなき「東京球場」。この球場は、野球に対する情熱では誰にも負けぬと豪語した、時の大映映画社長・永田雅一氏の鶴の一声で建設された球場である。野球が壮大なロマンであり得た時代には、オーナーもまた怪人物ばかりであった。東映フライヤーズの大川、大洋ホエールズの中部、近鉄の佐伯などなど……。野球をただ単なる商売と考えている最近のオーナーとはまさに月とスッポン。見てみいや！ 阪神の小津、巨人の正力、そして、にっくき、西鉄ライオンズを商売の道具にした元首相・岸信介の秘書・中村オーナー……。

野球が面白くなくなるのは当然である。

野球が健全なるスポーツなんてのはクソくらえだ。野球は勝つか負けるかの大バクチ。やる方も見る方も身体を張っての格闘技、そんな中から見せ場ができてくるのである。笑わせるんじゃない！「観客の皆様は静かに見ましょう。選手は礼儀正しく清く美しく」、野球は宝塚じゃないんだ！　かつてのライオンズの闘将・豊田泰光はグラウンドでしょっちゅうツバを吐いて快打を飛ばしていたし、あの怪童・中西太はケツを振りふりホームラン、魅せりゃいいんだ！　要するに。

野球に理屈はいらない！　あれは駄目これも駄目、それじゃ野球も駄目だ。

かつての戦後日本が持っていたエネルギーが必要なんだ、野球には。飢えた野良犬になれ！　みんな幸福すぎるんだ、選手も、観客も。管理管理のカンヅメ野球、ちっとも新鮮じゃないよ、カンヅメじゃ。

■

話を元に戻そう。敵地に乗り込んできた弱小ライオンズを、温かくかつ熱狂的に迎え続けた三塁側の人たち。東京球場にはいつも来ていたアルミ弁当箱のおじさん。ライオンズがチャンスになると、狂わんばかりにアルミ弁当箱で三三七拍子、弁当箱をいくつつぶしたことか。あのアルミの音には人の体温が感じられた。どんな立派なトランペットよりも、生身の人間の音がしていたヨ。朝、奥さんが作ってくれた弁当の箱が、さまざまな思いを

乗せて球場一杯に広がってゆく。

聴け！　万国の野球ファン、カチャカチャカチャ……音にできないのが残念だ。ライオンズが大敗した時も、あの弁当箱の音で大いに気を持ち直したものだ。ライオンズはなくなってもあの弁当箱の音は、あの日あの時の三塁側の人たちの耳には、まるでオルゴールのように何回も何回も鳴り続けていることだろう。憶えているかな？　知っているかな？　かつての弱小球団の戦士たち、竹ノ内、基、真弓、若菜、そして東尾、太田。

▩

後楽園球場のエピソードにも事欠かない。

確かあれは対日拓戦（日拓とは、現在の日本ハムファイターズの前身）でのこと。後楽園球場での試合は、どちらがフランチャイズか分からない。一塁側はパラパラ、三塁側はびっしり満員。試合が始まる前から一塁側はお通夜、三塁側はお祭り騒ぎである。

それを察してか、日拓の社員をずいぶんと動員して、一塁側を盛り立てようとするのだが、背広にネクタイ、動機があまりにも見え透いている。ただ単に、会社のため、自分を売り込むため、これじゃ白けちゃいますぞ！　野球の応援は無償の行為、これぞ応援の美学！　このへんが分かってないオーナーだから、日拓も一年でジ・エンド！　成り上がりの青年土建実業家が、時の東映フライヤーズを買い取り、一時の優越感にひたっていた悪しき球団買収のケースだ。

ささてさてこの日の試合、あいにく天候不順。試合の途中、ついに大雨となり一時中断。その大雨の中、突如一人の男が、かつての西鉄ライオンズの大旗をかかげ、走り出した。すぶ濡れになりながら、内野席を何回も何回も……。大雨の中をこんなにも颯爽とはためいている西鉄ライオンズの旗は、本当に久しぶりであった。

なぜかこの時の旗の勇々しさが、あのかつての黒澤明監督の名画『七人の侍』のラストシーン、雨中で戦う七人の侍、そして雨と風と泥にまみれ合う旗の場面とオーバーラップするのである。確かに、かつてのライオンズの侍たちは、九州の田舎鉄道会社の旗を背中にかざして、土の臭いをプンプンさせながらも、颯爽としていたものであった……。

この旗の出現をきっかけに、どこからともなく、『炭坑節』、「♪月が出た出た、月が出た～」。皆、雨の中、肩を組み合い大合唱。この歌は、いかにも九州気質にピッタリ！歌を歌いつつ、想いは懐かしき故郷へ、そして我が心のライオンズをそれぞれが確認するのである。

雨中の大合唱が続く中、どこからともなく観客の一人が透き通る声で、一番、センター高倉。ここでまた大拍手。その拍手を受けて、二番、ショート豊田。三番、サード中西。この瞬間、観客は拍手を続けながら眼は放送席の方へ。何とこの日、あの中西太さんがラジオの解説をしていたのである。あまりの拍手に太さん、満面笑みをたたえながら三塁側に手を振り出したのである。

雨の中、あの時代をともに生きてきた観客。そして花形プレイヤー・中西太とこんな形で出会えるなんて。太さん、あなたは幸福もんだといいたい。そして、野球が壮大なロマンであることを目の前で展開してくれた男たちに、ボクらは感謝したい。

あの後楽園球場の解説席からいつまでも、いつまでもいつまでも手を振り続ける太さん。野球人生は変わろうとも、あなたの野球哲学は変らないですヨネ！　まだまだ、こんなにたくさんの人たちがあなたを忘れていないことが、そのことを立派に証明していると思います。

あなたがともにした、西鉄ライオンズは断じて正しい。

長年持ち続けた想いが、素晴らしい合唱となって続く。四番、ライト大下。五番、レフト関口。六番、ファースト河野。七番、セカンド仰木。八番、キャッチャー和田。九番、ピッチャー稲尾。

戦後野球史上、こんな光景を見たこともないし、聞いたこともない！　とボクは記憶している。

魚屋のおっちゃん、会社の社長、老いも若きも……それぞれの人が、それぞれの熱い想いで、雨中の無人グラウンドに、大下が打ち、高倉が走り、鉄腕・稲尾が投げる……それぞれの幻影を見ていたに違いない。

グラウンドを暴れ回ったのは、先に挙げた九人だけではない。攻撃陣では、玉造、花井、小淵、田中、城戸、日比野、河合。投手陣には、河村、島原、西村、畑、若生、大津。他のチームにいけば、立派にレギュラー選手になれた人たちばかりである。

■

この日、結局試合は流れたが、あのライオンズが、意外なドラマを展開してくれたのである。たかが野球。しかし脳裏に深く刻み込まれた数々のシーンは、いつしか、数多くの人たちの個人史に欠かせぬ、背骨の一部になったのかもしれぬ。これはもう、ちゃんとしたバックボーンである。

背骨（バックボーン）を持たぬ人間は寂しい。人間にとって一番のポイントは、背後である。背中にどれほどのタンスを背負っているか。その大きさ、重さ、中味、引き出しの数、奥ゆき。人は歩みの中で、しばし、そのタンスの中を何度も何度も覗き見するはずである。人それぞれいろんなものが詰まっているであろう。

そんな数多くの引き出しの中の一つとして、西鉄ライオンズという引き出しを持てたことは、ボクにとって最高の幸福である。大きさ、重さ、中味、奥ゆき、どれをとっても申し分のない引き出しである。

■

子供のころのボクの引き出しには、大下弘選手のパッチン（メンコ）が、たくさん入っていた。ライオンズの選手の中でも一番好きだった憧れの人である。赤バットの川上、青バットの大下と、戦後の野球界の人気を二分した、一方の雄である。東急から田舎チーム西鉄に移籍、その後、ライオンズ堂々の四番バッターである。あの柔和な顔が実にいい！色白で、ハンサムで、優しくて、頼りがいがあるのである。荒くれ侍の多かったライオンズの中でも異色の選手であったのかもしれない。田舎の少年は都会の匂いを、大下弘に感じとったのかもしれない。

今思うに、大下弘のバッティングセンスは、モーツァルトの曲に相通ずるものがあるように思う。繊細にして華麗なるフォーム、右足をヒョイと上げるタイミング、軽いのである。天才は、いとも簡単にやってみせるのか？　一所懸命とは程遠いイメージである。「軽い」という言葉を実感できた最初のことである。

大下弘の軽さは自然発生的に出てきたのではない。彼はシャイな人で、人前ではやってます！　ということができない。彼に対する印象は、遊び好きで、飲んべえで、気前がよくて、遊ぶために野球をやってますヨと思わせた人である。あだ名がポンちゃん。

そんな彼が、どんな二日酔いでも、早朝、まだ人通りがない大濠公園をランニングしていたとのことである。軽さに至る道は、決して平坦ではない。

人は誰しも闇の部分を持っている。努力を努力と見せるよりも、笑顔で返す力がより多くの苦渋を感じさせる。その人が一つの線に見えると勝負はすでに負けである。より立体的に、より複雑に見えれば見えるほど、感じれば感ずるほど、第三者にとっては、イメージがふくらんでくる。他人にとって一番恐いのは、その実像がなかなか捉えることができない時であろう。

大下弘は、勝負師として、その不可欠の条件を兼ね備えていたといえるのではないか。その大下弘もすでにこの世にいない。あの世で野球を忘れ、酒と女の日々に違いない。

■

さて話は後楽園球場でのエピソードそのⅡ。

三塁側には、一クセも二クセもある強者どもが集まった。中でもユニークだったのは、インテリ兄さん。その応援ぶりは変幻自在。いろんな趣向を凝らして我々観客を十分に楽しませてくれるのである。

相手方（後楽園の場合はフライヤーズ）の選手のブロマイドを何枚も手にして、散々悪口を言ったあとに、いかにも憎々しく、少しずつ時間をかけて破っていくのである。その時の表情は、あの懐かしき紙芝居のおじさんの口上、思い入れたっぷりの顔つきとオーバーラップしてくるくらいである。観客は野球を見にきているのか、この兄さんの芝居を楽しみに来ているのか？　一瞬混乱してしまうほどであった。時には口上が怪談風になり、残酷にも火あぶりの刑で、ブロマイドに火が放たれることもしばしばであった。

また、丸禿げのあんちゃんの狂気ぶりも十分に絵になっていた。ライオンズがチャンスになると、度の強い眼鏡をポケットにしまい、顔をくしゃくしゃにして、金網によじ登り、金網を大きく揺さぶり奇声を発するのである。

野球場が、立派な劇場になるのである。グラウンドでの熱戦からも眼が離せず、かといって観客席で突発的に起こるドラマも見逃せない。

球場の応援とは、かくあるべし！である。家庭でテレビを前にして、冷えたビールを飲みながら野球を見ているのとはわけが違う。現前たるナマを見て、その呼吸を感ずることができないなんて、何と不幸なことであろうか。ライブに理性、知性は必要なし！

かつての平和台球場の数々の騒動。当然である。グラウンドが戦場ならば、観客席もまた戦場である。思い込むとはそういうことである。肩入れした球団が無様であれば、飯もノドに通らぬほど深刻となり、仕事も手につかず、そのうっ憤が球場で爆発するのは当然である。

冷静に見る野球ほどつまらないものはない。野球（というより球団）に惚れ込めば、身体ごと持っていかれるのは覚悟の上である。生活のリズムは、贔屓《ひいき》球団に左右され、まさに死活問題、運命共同体となるのである。

そんな話を聞かなくなった最近の野球界は、やっぱり寂しい。

野球が口当たりのいい清涼飲料に成り下って久しい。野球は麻薬であり、劇薬である。一歩間違えば奈落の底である。そのギリギリのところで、野球に立ち会いたいものである。西鉄ライオンズは、それらの要素を十分に兼ね備えていた唯一の球団であった。

■

さてさて話は前述の、神様・仏様・稲尾様に頂いたハンカチの行方について。

ラムネ売りをしながら手にした稲尾和久サイン入りのハンカチは、しばしクラスの間で数多く回覧された。

そのハンカチの持ち主であるボクは鼻高々、級友の羨望の的になったものである。というのも、他の者が持っているサイン入りの諸々は、ほとんどが印刷したものであった。ボクのハンカチは、神様じきじきのものである。中には、そのハンカチの臭いまで嗅ぐ奴がいたほどである。

金持ちの息子には、ちゃっかり、一日五円で貸してやった。一日貸してやると、その子は相当欲しかったのであろう、「いくらやったら、売るや」ときたのである。ボクはいっちょ前にこう答えた。

「金で買われんもんも、この世の中には、あるとぞ！」

お金で何でも手に入ると考えていた彼の、最初の挫折であったかもしれない。

■

そんなこんなのハンカチも、ボクの手もとにあった時間は、そう長くはなかった。ハンカチ喪失の舞台となったのは、当時の博多の赤線華やかかりし春吉。

その昔、博多湾を背にして、那珂川を挟んで右が武士の町・福岡。左が商人の町・博多であった。明治末期の議会で、市の名前を博多にすべきか、福岡にすべきか、もめにもめ、わずか一票差で福岡市に決まったのだが、博多派の情を汲み、せめて駅だけはということで、博多駅の名が残ったといわれている。

天下分け目の分岐点となった那珂川をシンボルに、今や博多最大の歓楽街となったのが、あの有名な中洲である。

中洲の外れにある春吉遊郭街。昭和三十年前後のこの街は、まさに壮観であった。三、四メートルの小路が四、五〇〇メートルはあっただろうか。その通りには、下は小学生から上はおばあちゃんまで、隙間がないほど、びっしり娼婦が立っていたのである。

当時、イガグリ頭のボクは、夜になるとその通りを歩くのが楽しみであった。生活のために春を売る女性のバイタリティと西鉄ライオンズの野性味がオーバーラップしたのかもしれない。暗くないのである。

歩いているボクをつかまえての野球談義。あるお姐さんは「豊田ってセクシー！」、あるばあさんは「中西太さんのお尻、食べたい」。

でもやっぱり、一番のモテモテは、何といっても大下弘であった。「あの白い餅肌食べてみたい」とか何とか、その当時のボクには、理解できぬ言葉がポンポンと交わされていたと思うが……。

イガグリ坊主はやっぱり可愛かったのだろうか？　それとも年ごろのお姐さんにとっては手頃なペットだったのだろうか？　多くのお姐さんたちに声を掛けられたものだ。こちらにも選ぶ権利はある。その中でも飛び切りの美人、というより、母性を感じさせてくれた一人の女性の虜となった。

まだまだ幼いイガグリ坊主は、暇さえあれば彼女の家に遊びにいった。何と彼女、稲尾和久の大ファン、あのハンカチの話をすると大喜びで「持ってきんしゃい」。次の日、早速持っていくと、いきなりハンカチに向かって「稲尾ちゃん、うちあんたば好いとうとよ！」と語りかけるやいなや、ハンカチをクシャクシャにして抱きしめる始末。

それからが大変である。来る日も来る日もなかなか返してくれないのである。それどころか見せてもくれない。思えば彼女の優しさに、ボクはトコトン参ってしまっていたように思う。

数日後、彼女はどこかへ引っ越してしまう。ボクのあのハンカチは彼女とともに消え去ったのである。

あれから半世紀、彼女の中にも脈々と「西鉄ライオンズ」は続いているのではないだろうか。あのハンカチとともに……。

■

史上最強を日本中の野球ファンに知らしめた西鉄ライオンズにも終焉の時がきた。

昭和三十三年、あの奇跡の大逆転（巨人との日本シリーズ、三連敗から四連勝での三連覇。この記録、アメリカ大リーグにもない）を最後に西鉄伝説は崩れ始めるのである。「野球は時代とともに在る」けだし名言である。事実、昭和三十三年を境に、基幹産業の石炭は下火に、遊びのメッカ的存在であった赤線も廃止に追い込まれる始末。

博多の街が沸きに沸いた昭和三十年前後の大きな要因に、石炭景気のほか、西鉄ライオンズと、華の遊郭の存在が挙げられる。ともに大らかで、豪快で、野性味たっぷり、庶民のエネルギーを発散させるには格好の標的であったといえよう。その技葉に、鮮やかなる

「博多文化」が次々と生まれていったのである。唯一博多に「文化」が存在した時代である。

赤線コケたら西鉄もコケたのである。昭和三十三年三月三十一日を最後に、赤線の灯は消えてしまった。文化は上から創られるのではなく、やっぱり下から創られるのである。

遊郭は数々の庶民文化を生み出した。その最後の日、博多の街は大いに賑わった。

当時、新聞配達をしていたボクにとって忘れもしない、四月一日早朝。薄靄がたち込める遊郭の街中、最後の客をとり、さまざまな想いを抱きながら、部屋の欄干に身を寄せて、タバコを吸う者あり、スキンをポイと投げる者あり、それぞれの終わりの余韻を惜しむかのように……。

一つ一つの光景が、まるでストップモーションのように蘇ってくる。そしてすべてがモノクロである。過剰なる想いが強ければ強いほど、その記憶はなぜかしら、あらゆる色彩が削り取られ、モノクロとして残るのである。そのモノクロの中に、自分だけしか知ることができぬ色を一つ一つ重ねていく。

そのへんの安っぽい満艦飾《まんかんしょく》に満ちみちた時代とはわけが違う。西鉄ライオンズとともにあった、あの日あの時の博多は、モノクロとして、いつまでもボクの中で息づいていくであろう。

昭和三十三年四月一日を境に、博多の街は心貧しき人工の色に彩られていくのである。赤線、そしてあの西鉄ライオンズは、その最後の砦であったはずである。

宝劇場

十円玉を手にして、夢とロマンと冒険を買えた時代。野球は西鉄、相撲は吉葉山、プロレスは力道山、我らがヒーローを一目見たさに、回転饅頭（東京でいう今川焼き）屋さんにテレビを見にいった昭和三十年前後の話である。当時テレビを持っている家庭なんていうのは大金持ちのみ。当然のごとくボクの家にはない。学校が終わると一目散に回転饅頭屋へと行きたいところだが、十円が問題である。

我が家の家計では、子供に毎日十円の小遣いを与えるなんて夢のまた夢。自分の夢とロマンは自分で買うしかなかったのである。十円を得る方法は？　夢とロマンのためなら、何ごとも苦にならなかったボクである。

当時、住んでいた末広長屋のすぐ近くに旧博多駅があり、その駅付近が、十円を稼ぐ絶好の場所であった。駅構内の貨物車からこぼれ落ちた鉄屑を掻き集めて、ささやかな商いをしていたのである。これらの鉄屑は別に捨てられていたものでないので、厳密にいえば窃盗になる。国鉄マンの目を盗み、より良質の鉄を掻き集めることによってテレビへの道は切り開かれる。

白黒テレビから流れてくる映像は、ボクら少年たちには決して手が届かぬ、夢また夢の世界であった。その見果てぬ夢をまず、新幹線が、そして高度成長の波が、とてつもなく平凡なものにしてしまった。

夢と現実の距離があればあるほど、人はロマンを右手に、創造力を左手に携えて、夢への旅へと向かうのである。夢と現実が背中合わせになった現在の夢の何とチッポケなことか。

白黒テレビに映る、ライオンズ、吉葉山、力道山。ボクの小さな身体に、どでかい夢とロマンと冒険の種をまいてくれたのである。末広長屋の近くの小さな回転饅頭屋が、その後のボクの人生を決定したといっても過言ではない。十円玉を手にして店に向かう時の気持ちの高ぶりと、十円で二個の回転饅頭の味は今でも忘れられない。

二個の饅頭を長時間かけて食べる方法もなかなか難しいことであった。あまり早く食べても居づらいものであり、といって、いつまでも残しているのも固くなり、回転饅頭らしさがなくなるし……まあそこのところは、店のおばさんも大目に見てくれて、テレビに大いに熱中できた次第である。

まず夕方の四時ぐらいから相撲の実況中継。あの当時、相撲界にも個性豊かな関取衆が

力道山

たくさんいた。巨漢・大起、差し身の業師・信夫山、潜航艇・岩風、褐色の弾丸・房錦、荒法師・玉乃海、内掛の名人・琴ケ濵、涙の敢闘賞・名寄岩（この人を主人公にした日活映画は、当時小学生であったボクをただ涙々の連続に。映画に涙を流した最初の経験であったと思う）、立浪四天王・安念山、北の洋、時津山、若羽黒、その他印象に残った力士として、鶴ケ嶺、出羽海など。そして横綱陣には、ふくよかな鏡里、筋肉質でスマートな千代の山、美男力士・吉葉山、大関には若乃花、栃錦などが大挙していた。

▩

新聞配達をしていたボクにとっての朝の楽しみは、配達後、櫛田神社（博多山笠で有名な神社）裏にあった万行寺に寄宿している二所ノ関部屋の朝稽古を見ることであった。年に一度、九州にお相撲さんがやってくる。ちょうど、野球シーズンが終わった十一月。西鉄ライオンズに向けられたエネルギーは、そのまま、相撲に受け継がれる。

当時の二所一門は、荒稽古で有名であった。玉乃海、琴ケ濵を筆頭に、熱気ムンムン。ある日、プロの厳しさ、相撲の世界の体質を、いやというほど感じさせられたことがあった。

いつものように配達を終え、お寺に直行。何となく皆、眼つきが厳しい。そのうちに若い力士が一人呼び出され、目茶苦茶な稽古。髪はつかまれるわ、竹刀でアザができるほどぶったたかれ、半分死んだような状態。それでも、まだやりたりないのか、相撲取りの生命ともいうべきまわしを、取り巻きの全員で脱がしにかかり、生まれたままの姿。裸にして今度は足で蹴るわ、ゲンコツで殴るわ、挙句の果てに朝食代わりにと、土俵の砂を口に突っこまれ、水をぶっかけられて、ジ・エンド。まさにリンチ。幼いボクにとって何とも理解しがたく、ただただ身体の震えが止まらなかったことをよく憶えている。実はこのリンチにあった力士、前の晩、泥酔し、宿に帰って寝小便をしたとのこと。

人の前に出て、何かをやり、お金を稼ぐことに至る道が、いかに大変か、というより、いかに不条理なことか。ただただ正直に、真面目に、一所懸命にやれば何とかなるものでもなし。といって我が道のみ歩いていれば、あとから不意討ちに遭うし、困ったものである。

いや、だからこそ人はそういう世界に憧れ、足を踏み入れてしまうのであろう。日常の生活に克てずして、何で不自然、不条理の世界で生きていけようか？　事実、芸人、プロスポーツの世界で、ほとんどが、ものの見事に潰されていっている。

夢と現実の世界が表裏一体である時代であればあるほど、その裏切られ方は無残である。あの日あの時の子供の目の高さのせいではない。当然、子供の目の高さと、大人になってしまった現在の目の高さはずいぶんと違う。見上げるか、同等に見るか、見下げるか、これはエライ違いである。悲しいかな、目の高さを意識してしまったことから、人は大人になってしまうのであるが……。

あの日あの時に見たすべては、決して目の高さのせいではない。やっぱり時代が正しかったのである。人間とモノと自然が、ほどよく調和していたのである。だからして、野球が、相撲が、プロレスが、映画が、大衆の娯楽として絶大なる支持を受けたのである。

観る側も、演る側も同じ視点、同等のところで成立していた。夢と現実の距離を決して間違えることがなかったのであろう。要するに、遊びの精神に満ち溢れていたのではなかろうか。

■

今やすっかり大都会に成り下がってしまった博多の街も、昭和三十年前後は、遊びの精神を育む場所が、たくさんあった。

ボクの育った末広長屋もその一つである。この長屋という街の成り立ち方が、もともと人間の交流を活発にする。街の噂は直線的に流れてゆくし、人の出入りも一目瞭然。要するに、秘密ごとが少なくなるのである。だからして、人はおおらかにならざるを得ないし、開放的になるのである。

街の成り立ちが、人の気質を決め、地元球団の体質を形作っていくのは当然である。我が西鉄ライオンズの豪放磊落野球も、この博多の土地が、人が、育んだ。

博多に住むと、人はこの土地に限りない愛着を持つという。かつてのライオンズの選手たちが他の球団に移っても、家だけは博多に残した。野球をやめたあと、皆博多に住みたい！ その一点だけである。西鉄ライオンズの最後のエース・東尾なんぞは、博多に奥さんと子供を残しての二重生活であった。東尾は和歌山の出身である。

それにしても、すっかり変わり果てた博多の街には未練はない。ボクのこだわっている博多の街は、やはり、人間の臭いに満ち溢れていた、あの日あの時の博多である。時代と土地に関する想いは、決して連続するものではない。不連続だからこそ、人は挫折し、新しい地平を切り開いていくのである。

形あるものは、必ずやなくなっていくのである。ボクらの、あのガラの広っぱも、末広長屋も、ボクに映画の素晴らしさを教えてくれた人参町「宝劇場」も今や、西鉄ライオンズとともに時代の彼方に葬り去られてしまった。

■

宝劇場、真っ白のスクリーンにしばし、ロマンと冒険と夢を与えてもらった良き場所である。家から歩いて五分ぐらいのところにあった。

当時のお金で、大人三十円、中人二十円、小人十円の入場料であった。ボクらにしてみれば十円の入場料ではあったのだが、お金がない時は、当然のことながら只見をした。裏の便所の破れ隙間から入るのであるが、これが都合が悪いことに、女子便所なのである。まず、便所に女性が入っているかどうかを確かめてから忍び込むのである。

いつだったか、劇場全体が大騒ぎになったことがある。いつもの破れ隙間が修理され、さてどうやって入場しようかと思案した末に、女子便所個室の窓から侵入しようとしたところ、ちょうど、若き女性がその最中だったのである。その女性、びっくり仰天、大声を出して劇場内に戻っていったのである。さあ大変、映画は中止され、犯人捜し。こっちは、そのどさくさにちゃっかり紛れ込んで、有料入場者に早変わり、騒ぎが収まったところで、映画鑑賞。

あの当時、映画は三日替わり、しかも三本立て。一週間に六本以上観る計算になる。東映は、中村錦之助・東千代之介の二大スターを生み出した新諸国物語『笛吹童子』『紅孔雀』に始まり、大川橋蔵の『新吾十番勝負』、市川右太衛門の『旗本退屈男』、大友柳太朗の『怪傑黒頭巾』、片岡千恵蔵の『遠山の金さん』「多羅尾伴内シリーズ」、月形龍之介の『水戸黄門』、その他、錦之助の『一心太助』、正月とお盆にはオールスターキャストによる『忠臣蔵』『任侠清水港』などなど……。

一方の雄・日活は、アクションのオンパレードであった。小林旭による「渡り鳥シリーズ」（この無国籍アクションは当時のボクにとっては、西鉄ライオンズと並ぶ、輝ける星であった。定住の地を持たぬ〝旭〟に、旅のイメージを植え付けられたのかもしれない。風のようにさすらい、水のように流れ歩く後ろ姿に、男の美学を感じたのかもしれない）、石原裕次郎の一連の都会青春映画、和製ジェームス・ディーンである赤木圭一郎の「拳銃無頼帖シリーズ」、その他、単発的に、高橋英樹、渡哲也、和田浩治、宍戸錠、二谷英明などの主演による映画の数々。ヒロインには、浅丘ルリ子、笹森礼子、松原智恵子、吉永小百合。

吉永小百合はボクが最初に好きになった女優さんである。当時は、お姫様、お嬢さん、待つ女性が主流であったが、珍しく意志＝思想を感じさせてくれた。同時代に、同じ呼吸をしようとする彼女の生き方に親近感を覚えたのかもしれない。

浜田光夫、吉永小百合による数多くの青春映画は、その後のボクらの時代を予見させるに十分であった。吉永小百合の持つ〝白〟のイメージは、青春元年であったボクらに、最も似つかわしい色だった。

その他、東宝では、森繁久彌、三木のり平、小林桂樹、加東大介、山茶花究らによる「社長シリーズ」「駅前シリーズ」、その後の加山雄三、田中邦衛コンビによる「若大将シリーズ」。大映では、正月の『忠臣蔵』、お盆の「次郎長シリーズ」などなど。

まさに宝劇場は、無尽蔵な宝の山だったのである。あの小便臭い、薄汚い空間が、キラ星輝く夢の時空間になり得た時代なのである。その後、何年かして宝劇場は火事になり、灰となってしまう。

▩

西鉄ライオンズ、宝劇場、炭坑、遊郭、どれもこれも、あの時代だからこそ存在し得たのではないだろうか。他人の体温を十分に感じられる時代だったからこそ……。

要するに、今は「祭り」が死語になってしまったのである。あの時代のすべてに祭りの精神が充満していた。平和台球場に向かう時の気持ちの込め方、花火大会における朝からの場所取りのエネルギー、お目当ての映画を待ち続ける気持ちの高ぶり、運動会における各町内の盛り上がり。どれもこれも、ただ単に楽しむというレベルではないのである。ひたすら、のめり込む精神、一体化しないと気が晴れないのであろう。同次元まで自己を押し進めるエネルギー、これが祭りの原点ではなかろうか。

祭りは人のためにやるものではない。あくまで己の生の証しとして祭り行うべきである。現在の博多山笠、博多どんたく、そして諸々のお祭り、その原点に帰るべきではなかろうか？　野球とて、同じである。プレーしている選手自身がいかにもつまらなさそうである。やっている本人がつまらないのに、何で観ている人たちが面白かろう。観る者と演る者の関係は、そこのところが出発点である。

ガチガチに管理された野球は、その選手の個性までも奪い取ってしまう。野球だって、個々のプレーヤーの人間を観ているのである。野球という手段を借りて、本当のところは、選手の人生を垣間見ているのである。数字は、あくまで結果である。人が人に気持ちを揺れ動かされ感動するのは、その結果に至るまでの過程ではなかろうか？　そして、その落差があればあるほど、人はそこに劇的なるものを発見するのである。

自分が歩むことのできぬドラマを、他の人に見ようとする。野球だって激情のドラマである。

かつての我がライオンズは、劇的なる集団であった。三原修という才ある演出家を筆頭に、名優揃いであった。二枚目あり、立役あり、悪役あり、脇役あり、こんなにも役者が揃っていた劇団、いや球団も過去、現在、皆無ではなかろうか。

今の野球界を見るがよい。演出家、社長がしゃしゃり出て、役者は小さくなるばかり、演出家のご機嫌を伺うばかりに、何とまあ、小粒な選手の多いこと、見ていて気の毒なことばかり。一回こっきりの人生、しかも好きな野球をやっていて、何でそんなに気遣ってまで野球やらにゃいかんの？　身体に毒やから、やめなさい！　と言いたい。

現役の野球人、もう一度、勉強し直して欲しい。今からでも決して遅くはない！　あの西鉄ライオンズに関する資料、雑誌、単行本を体読することによって、眼を覚まして欲しい。そして、今一度、野球が祭りであった原点に立ち戻ってもらいたい。

オフシーズンには全球団、そのへんをトレーニングして欲しい。技術はあとでいい。まず、野球が何たるものか。良いお手本があるではないか。西鉄ライオンズという偉大なる遺産が……。

■

かつての黄金時代の名一塁手・河野昭修は、清掃作業に精を出したことがある。西鉄を辞めるまで、バス、電車の乗り方も知らなかったそうである。その河野が、ある新聞で語っていた。「元西鉄選手としては無様な生き方はできん。清掃は社会の底辺を支える仕事。人生の基礎を一からやり直そうと思って……。野球を離れたっちゃ、いつまでたっても背番号をつけてますからね」。この言葉に、西鉄を退団することで、野球人生に終止符を打った男のその後の覚悟を感じる。

西鉄が初めて日本一に輝いた昭和三十一年のエース投手・島原幸雄は、九州商運配送係運転手。昭和三十一年、稲尾和久とともに入団した左腕の快速球投手・畑隆幸は、焼鳥屋。俊足外野手・玉造陽二は、東京で工業用ゴム加工販売会社の専務。西鉄唯一の完全試合を達成した投手・西村貞朗は、石油卸売業の社長。西鉄が初めてパ・リーグ優勝した二十九年に十八勝を挙げた投手・大津守は、病院の医務課長。ご存じ、切り込み隊長・高倉照幸は、中洲でスナック経営、のちにリトルリーグの総監督。

あの人もこの人も皆、西鉄ライオンズの栄光の背番号を背負って、その後の人生を、ある時は重く、ある時は懐かしく、歩み続けた。

人は何かにこだわり続けるからこそ、何かを否定し、何かを生み出すのである。西鉄ライオンズにこだわることによって、何かを見ようとする想像力が、その後の人生を創造し、歩み続けてきた。

西鉄ライオンズは圧倒的に正しい！

末広長屋

　福岡県福岡市末広町。この町名、この土地はすでにない。現在の博多駅前にある、郵便局の前あたりに埋葬されている。現在の博多駅を建設する時に、この町は区画整理され、すべてアスファルトの下に封印されたのである。ボクの夢と、ロマンと、冒険を育んでくれた末広町。我が心のライオンズと切っても切り離せないボクの原点である。

　幅六メートル、長さ三〇〇メートルの路（もちろん、正真正銘の土である）を挟んで両側にびっしりと並ぶ長屋の街である。一歩表に出れば、端から端まで、一目で町内の様子が分かるほど人の体温を直に感じさせてくれる。

　当時は家に水道が引かれておらず、皆、水汲み場までバケツを持っていく。顔を合わせる回数も自然と多くなる。そうすると会話を通じて、情報が次から次へと滑らかに流れていくのである。人の体温を乗せた言葉が、街中を円滑にしてくれる。たとえ、それが争いごとであっても後腐れがない。生命の水は共同の蛇口から持ち帰る。不便ではあるが、何かしら大切なことのように思えてくる。それが水だけに、余計そう感じる。

真ん中にドンと走っている路は、末広長屋の動脈である。雨が降れば泥道となり、晴天が続けばカラカラに乾いてしまう。土もちゃんと呼吸しているのである。子供にとっては遊園地にもなり、大人にとっては、縁台でも出して将棋や碁に興ずる憩いの場でもあった。ボクら子供にとってこの路は、とても大切なものであった。ビー玉遊びの時、少しばかりの傾斜が、運不運を決めた。釘で陣地を取り合う遊びでは、土の固さが微妙に影響してくるのである。

人が道に立つ時、その接点である大地とはこういうものであるべきではなかろうか。裸足になって今の道に立つがいい。どこもかしこも、冷たいアスファルトの味しかしないではないか。末広町の無骨で、荒っぽい、土の味が懐かしい。

我が家は四畳半と六畳と台所を持つ間取りであった。この間取りに何と親子七人が住んでいたのである。造りは木造、何と天井はボール紙、それも年期が入り相当に傷んでいる。

時折、ネズミの運動会が始まると、いつ落ちてくるかヒヤヒヤであった。そこんところは、ネズミも考えながら走っていた様子である。落ちれば人間様に姿を見せる羽目になり、命を落とすかもしれないからである。いつだったか、ネズミの運動会に猫が特別参加をし、両者が血相変えて落ちてきたことがあった。そんな天井を見ながら子供心に、いつの日か木でできた天井の下でゆっくり寝てみたいと思ったものである。

台所（といっても物置みたいなところであったが）の天井はなぜかしらブリキで、夏になると、まるで蒸し風呂の中での食事、冷たいはずの冷奴が、湯豆腐に感じられるくらいであった。その横に古板で造った便所があった。グラグラして、いつ下界に踏み外すか、不安な毎日であった。

台所を一段降りたところに炊事場があり、ここの天井はガラス張りであった。あちこちで拾ってきたガラスを重ね合わせた、正確にはガラス合わせの天井。炊事場の横に井戸があり、飲料水以外はこの井戸水を使っていた。

この井戸、隣りの家との共同で、この井戸の隙間から、Kさん一家の笑い声、どなり声、泣き声が聞こえてくる。ということは、こちらの一日の様子もまた聞かれていたのであろう。Kさんの家には同級生の女の子がいて、ずいぶんとお互いに気まずい思いをしたものである。その後、Kさん一家の主人は、精神病院に入院してしまう。

■

六畳に接するところに猫の額ほどの庭があった。ボクにとっては想い出深き庭である。兄と喧嘩をして家を追い出され、夜中にこっそり忍び込み、この庭にお世話になったこともしばしば。その時の唯一の友は「ラッキー」であった。ボクが拾って帰った捨犬ラッキー。

当時、我が家は動物なんぞに餌を与える余裕なんぞはなかったのである。でもなぜか、愛犬が欲しかったボクは、独力で犬を飼う覚悟であった。自分で稼いだお金で餌を買ってくれれば文句はあるまい。そのため新聞配達を終えたあとに、博多名物「おきゅうと」売りも始めた。

朝の澄み切った空に向かって「おきゅうとに、納豆に、もろみ〜」。この声を聞きながら、博多の人の朝は始まる。おきゅうと、納豆、もろみを入れた箱を三段、お腹の前に置き両肩、襷で支え、街々を売り歩くのである。

上得意は旅館であった。泊まり客が多勢であれば、あっというまに売り切れる。そこで売り子たちは皆、旅館街にどっと繰り出すのだが、時間が早すぎても駄目、遅すぎても駄目、このタイミングが実に難しい。時には全く売れず、家に持ち帰る。返品がきかないので、家中で食べるしかない。朝、昼、晩、おきゅうと。何せ、ところてんのように海草でできた食べ物であるだけに、力が出ない。

ラッキーも恵まれた主人に拾われたものである。バイトしたお金で、ラッキーもどうにか日々食にありつけた。犬小屋は拾ってきたリンゴ箱を改装して作った。

夜中にこっそり庭に忍び込んだ時に、真先にシッポを振り振り、歓待してくれるのがラッキーであった。「オレもお前も同じ野良犬、仲良くしようじゃないか!」。そうやってお互いによく慰め合ったものである。

しかし、この仲もそう長くは続かなかった。親父がどうしても駄目だと言い始めたのである。夜中の鳴き声で、近所から苦情がきたらしい。

ラッキーを自転車の荷台に乗せて捨てにいくことになった。通ってきた道が分からぬよう箱に入れ、一時間ほど走った公園に……。いつまでも、いつまでも鳴き続けるラッキー。泣きながら自転車のペダルを力一杯踏み続けるボク。

どしゃ降りのある日、ガラの広っぱで、震えながらクンクンと鳴いていた、茶色の柴犬ラッキー、頭を撫でてやると嬉しそうに、しっぽを振りながらどこまでも追ってくるラッキー。

今でも、街で柴犬を見るにつけ、あの日あの時のラッキーを思い出す。

■

ガラの広っぱはボクら少年にとって、まさに光り輝くダイヤモンドみたいな広場であった。昼は野球場、夜は野外映画館、このデコボコだらけの広っぱで誰もが、未来の稲尾、中西、大下を夢見ていたのである。

このガラの広っぱの端に、朝鮮人一家が住んでいた。家族の一人は、ボクと同じクラスであった。当時、朝鮮人の人たちは蔑視されていた。そんな中で生きてゆくのは並大抵ではなかったのであろう。近所に嫌がられる豚を飼い、軒先で平然と鶏を絞め殺し、生計を立てていた。子供にとってはなぜか、オドロオドロした光景であった。同級生であったY君も、もちろん家の仕事を手伝っていた。

彼もまた、西鉄ライオンズの熱烈なファンの一人である。彼のお母さんが作ってくれた特製の布グローブを手にして野球をする時の顔は、最高であった。彼は豊田選手のファンで、ゲームの時は、必ずショートのポジションを望んだ。小柄だが、敏捷さにおいては秀でたものがあった。がしかし、やっぱり朝鮮人ということで、なかなか試合に出させてもらえなかった。あまりの仕打ちに、ボクはある時、野球仲間のボスに文句を言ったのである。

「あんたくさ、あんまり、偉そうな顔しんしゃんな。Y君はくさ、雨が降ってデコボコになった広っぱばくさ、暇ん時、綺麗にしよんしゃあとばい。誰んために野球ができると思うとうと……」

事実、彼はこのガラの広っぱの、小さな管理人だったのである。彼にとっては、この広っぱは立派な生活空間であり、西鉄ライオンズの名遊撃手を目指すためには、不可欠な場だったのである。自分で作ったトンボ（整地するためのT字型道具）で、朝晩、土を均《なら》す彼の嬉しそうな顔を、何度も見かけたものである。さまざまな差別から、唯一逃れられる夢の時間が、野球だったのであろう。

文句の一件から、彼は夢のショートに起用されるようになった。大好きな豊田選手のクセを一所懸命に真似しながらプレーする彼の姿に、野球の素晴らしさを再認識させられた次第である。

その後、彼は中学を卒業し、働くことになり、野球から段々と遠のいていった。いつだったか、ばったり顔を合わせた彼の頭には、西鉄ライオンズの帽子があり、豊田泰光選手のサインがあった。安い月給の中、時どき平和台球場の外野席に行くらしい。試合が終わり、選手が一風呂浴びて球場を出てくるのを、辛抱強く待った甲斐があり、あの憧れの豊田選手にサインをもらったとのこと。その時の話をする彼の顔は、確かにガラの広っぱの、あの日あの時の顔であった。

■

野球仲間であり、最も親しい友人であったN君の家は、ボクの家の斜向《はすむ》かいにあった。末広長屋の中では、裕福な方であった。彼には、小児麻痺のお兄さんと、綺麗なお姉さんがいた。

島倉千代子の大ファンであったお兄さんとは、特に仲が良かった。もちろん、ライオンズファンの一人である。当時、テレビを所有している数少ない家で、お兄さんが留守番している時は必ず見にいったものである。野球を見ているか、島倉千代子の歌謡番組を見ているかのどちらかであった。身体が不自由で学校にも行けず、全くの独学でありながら、その知識の量は大変なものである。まず知らないことは皆無である。新聞は隅から隅まで二時間はたっぷりかけて読むし、辞書を片時も離さない。彼の島倉千代子論を、まるで哲学の話を聞くかのように聞いた記憶がある。身体全体をひきつらせながらの話は、真に迫るものがあった。島倉千代子に母なる優しさを、西鉄ライオンズに男の強さを夢見ていたのかもしれない。

一見幸せそうに見えていたこの家庭にも、翳りが見えてくる。お母さんの急死である。この時代、急速に台頭してきた創価学会の婦人部長を務めていた、しっかり者のお母さん。子供のボクにもずいぶんと入信を勧めたものだ。創価学会少年部なるものがあり、ぜひ入部しなさいということであった。何度かその集まりに行った。というのも、目的は単純で、その集会に行くと、その当時、我々貧乏人の子供にはめったに買うことができない、珍しいお菓子や飴がもらえるからであった。

まず、歌の合唱から始まる。『同期の桜』、創価学会の歌などなど……。そのほとんどは、集団昂揚歌ばかりであった。次にお偉いさんのご高説があり、少しばかりのゲームをやったあとに、お題目を唱える。そしてやっとこさ、お菓子がもらえるのである。

そのお菓子を食べると、勉強がよくできるようになり、望みは何でも叶えられるとのことであった。そういえば、そんな立派なお菓子は、一般の店では売ってはいない。ただで頂いて、望みが叶えられる、そりゃ誰もが押しかけるはずである。いつも集会所は、ボクみたいな子供で一杯であった。その中でも、ご高説を熱心に聴いていた者も何人かはいた。それらの人たちが、現在の創価学会＝公明党を支えてきたのであろう。

神様がくれたお菓子に熱中できたのも、ほんの数カ月。ボクにとっての本当の神様は、やっぱり、神様・仏様・稲尾様であったようだ。創価学会の人は、早く入信しないと定員になり、入会できないという。そんな窮屈な神様なんて本当にいるんだろうか？ 正直いって子供心に、小難しい理屈より、単純明解な野球に走っていくのは自明の理であろう。

N君のお母さんは、ボクの母にもずいぶんと入信を勧めていたようだ。戦後間もない、その当時の人たちにとっては、何でもよかったのである。生活にプラスになることであれば、藁にもすがる思いだったのである。

そんな熱心なN君のお母さんがなぜ死んじゃうのだろう？ これも不思議なことであった。N君はグレ出し、お兄さんは自殺未遂、こんな時こそ、神様は活躍しなければいけないのに……。女優を目指し東京に行ったお姉さん、伴侶を亡くし急に老け込んでしまった鮮魚商のお父さん。一家にとってあの日あの時の神様は一体何だったんだろうか？ 我が心のライオンズの神様は、チームが危機に直面すれば、どんなに疲れていても、ちゃんと救ってくれていたのに。

ボクにとっての神様は、やっぱり、稲尾和久投手であったのだ。

■

N君の隣家、ボクの向かいの家も、何とも賑やかな家庭であった。絶えず聞こえてくる、おばさんのかん高い怒鳴り声。相手は自分の夫である。蚊トンボみたいな人で、眼鏡をかけ、いかにも弱々しそうな人であった。喧嘩をしても、いつも聞こえてくるのは、おばさんの声の一方通行。家事もすべて子供任せ。

このおばさんの一番の楽しみは、町内の鉄工所のおじさんとの公然の浮気。そして、ラジオでのナイター中継。もちろん、このおばさんも、西鉄ライオンズの大ファンだったのである。ライオンズが負けでもしたら、それは大変なことであった。夫に対する当たり方は、言葉の暴力に始まり、物が飛び始めるのである。おかげで家の中はメチャクチャ。その修理は、当然おじさんに回ってくる。西鉄ライオンズの勝敗は、このおじさんにとっては、まさに日々の死活問題だったのである。

おばさんの浮気相手だった鉄工所一家は、我が町内の顔役でもあった。子供の数、いや数ばかりではない、皆あの時代にしては堂々たる体格の持主ばかりであった。

そういえば、あの家の前を通る時は、いつも旨そうな匂いがしていた。昨日は焼肉、今日はカレーライス、その当時、我々にはめったに口にできない代物のオンパレードであった。おかげで娘さんたちは、歩くのに一苦労、見事な肥満体であった。息子たちは、そのデカイ身体をフルに活用し、ガキ大将。皆ボクよりずいぶんと年上だったこともあり、その牙城はなかなか崩せなかった。身体と年齢よりも、彼らの物量に負けていたようだ。

その当時、鉄を扱っていたことにより、羽振りが良かったのである。彼らも当然のごとく家業に精を出し、小遣いもたっぷりである。何か揉めごとが起きると、すぐにお金をちらつかせる。小さな正義感も吹き飛ぶくらいの力であった。金の持つ偉大なる力は、ボクら貧乏人の子供にとっては、立派な反面教師でもあった。

金に対抗するために、より一層野球に、アルバイトに、そして勉強に磨きをかけたのである。最後の決め手は、やっぱり我が心のライオンズであった。

当時、平和台球場に通い詰めであったボクは、西鉄ライオンズの情報にかけては表も裏もずいぶんと網羅していた。昨日の試合を、いち早く、あたかも実況中継のごとく話すことができたのである。試合開始二、三時間前から、ラムネ・ジュース売りの場所取りに始まり、人がまばらになる試合終了後まで、現場にいる強みである。

球場の内外にまつわる数多くのエピソードを、面白おかしく話すことによって、鉄工所兄弟をずいぶんと悔しがらせたものだ。お金では決して買うことのできなかった、我が心のライオンズであった。

■

鉄工所の前は、浪曲好きの父を持つゲンちゃんの家、朝から晩まで、広沢虎造の浪花節が聞こえていた。ゲンちゃんは、町内野球の花形プレーヤーだった。野球センスが抜群で、お人好しで、面倒見がよく、町内の人気者でもあった。ボクが特に好きだった西鉄ライオンズの大下弘にそっくりであったところから、余計、慕っていたのである。

野球が終わると、家の前に縁台を出して将棋を教えてくれた。〝縁台〟、今ではめったに見ることができない。縁台の持つ意味は大きい。人が人の話を聴きに集まる絶好の場である。将棋や碁に興じながら、花火をしながら、人の往来に目をやりながら、政治談議やら世間話をするのである。大人も子供もともに人の温もりを感じながら、己の体温を覚えていくのである。通りから縁台が消え去り、人は皆、家に閉じこもり、機械を相手に無言の対話を交わすことに慣れ親しみ、己の体温に鈍感になっていく。

ゲンちゃんに教わった野球の素晴らしさは計り知れない。自分のプレーには厳しく、他人の失敗には鷹揚なのである。下手くそだったボクに、手取り足取り教えてくれたゲンちゃん。あれから半世紀、ゲンちゃんの野球魂は今も生き続けていると思うのだが……。

あのガラの広っぱに集まった野球少年は、まだまだいる。大阪に集団就職し、殺人を犯してしまったO君、ストリッパーのヒモになり、殺されてしまったY君。

ガラの広っぱでは、あんなに楽しそうに、あんなに上手に、ボールを投げていた彼ら。ボールの受け手が悪かったのか、手にしたボールが間違ったのか、それとも、自分の投げ方に問題があったのか、いずれにしても、ボールは、思わぬ方向に行ってしまった。

あの日あの時のガラの広っぱのボールの感触を忘れずにいたら……と無念でならない。

■

ガラの広っぱの野球は、組織野球、管理野球とは無縁であった。中学に入学すると同時に、ボクは憧れの野球部に入る。例の通り、毎日毎日、ボール拾いの日々であった。グラウンドの周囲はドブ川で、ボールのほとんどはこの川に紛れ込む。顔は泥だらけ、足は怪我するし……。でも夢は大きい。西鉄ライオンズへの道は、何ごともバラ色にしてしまう。

ボール拾いの一年も過ぎ、二年生になった時である。新入生の中に大物新人がいた。時の野球部の部長先生は、この新入生H君にぞっこん惚れ込んでいた。

確かにこの先生の目に狂いはなかった。のちに彼は甲子園に出場し、あの池永（下関商業の投手で、三十八年春の選抜高校大会優勝、同年夏の甲子園大会準優勝、国体優勝。すさまじい争奪戦の末に、西鉄ライオンズに入団。その年の新人王に始まり、一〇三勝するが、黒い霧事件にまき込まれ、プロ野球永久追放処分）と堂々投げ合い、国体では準優勝、高い契約金で近鉄バッファローズに入団。我が中学野球部の出世頭となったのである。

新入生は誰しもがボール拾いから始めるのだが、部長先生なぜか、彼にはボール拾いを免除したのである。他の部員は、彼の才能に納得したのであろう、誰も文句を言わない。

しかし、ガラの広っぱ野球は、筋が通らぬことは絶対に許さない。ボクは一人で職員室に、その趣旨を聞きにいく。

部長先生の言葉は今でも憶えている。

「僕の指導方法に異論があれば、退部してもらいたい。この世は力だよ。才能だよ……」

生徒指導も兼ねていたその先生に、ボクははっきり言ってやった。

「辞めます！」

ガラの広っぱ野球は断じて、そんな野球を許さない。チカラ、サイノウ、確かにこの言葉は存在する。がしかし、この言葉によって集約されていく野球には、全く興味がなかったのである。

近鉄に入った彼は五年間、一勝もできず球界を引退。チカラとサイノウは恵まれすぎるくらいにあったのだが……。

久しぶりにあの長屋があった場所に行ってみる。あの末広長屋、ガラの広っぱは跡形もない。見事な変貌ぶりである。時代は変わる。仕方がないことである。

でも、ボクの身体の地図の中には、今でもはっきりと刻まれている。「福岡県、福岡市、末広町」。そしてあの道を、末広長屋の人たちが相も変わらず歩いている。ゲンちゃんの家の縁台には、いつものメンバーが、いつものように集まり、「我が心のライオンズ」について飽きることなく語り続ける……。

さらば、博多

昭和三十八年、西鉄ライオンズ最後の優勝。博多の街は五年ぶりのパ・リーグ制覇に沸きに沸いた。選手兼任であった中西監督、稲尾・豊田助監督にとっても最後の猛々しい西鉄ライオンズであっただろう。

優勝を決めた平和台球場のあの日あの時、ボクも安い外野席の入場券を握り締め、あの瞬間、一体どれくらい、拳を天に突き上げたであろうか？　再び、あの西鉄ライオンズの復活を夢見たのであろう……。

昭和三十九年、父が親脳溢血で死亡。一睡もせず泣きながら早朝、新聞配達に出かける。自転車のペダルを踏みながら、父親の想い出が次々と蘇る。

終戦とともに外地から引き揚げ、商売に失敗し、五人の子供を抱え、悪戦苦闘の連続。でも商いの夢断ち切れず、いろいろな商売に手を出すが、どれもこれも今一つパっとせず、細々と露天商で食いつなぐ日々。金魚すくい、ウナギ釣り、ボンボン釣り。焼き芋屋の時なんぞは、朝食は前の日に売れ残った焼き芋。麦飯に憧れた日々でもあった。

そんな父親の商売にボクが唯一、積極的に身を乗り出したのは、平和台球場に関する商売である。時にはラムネ売り、立ち見客のためのリンゴ箱売り。とにかく、西鉄ライオンズの周辺にいるだけで大満足であった。父親にとっての西鉄ライオンズは、ただ単に、生活するためのモノでしかなかったのであろうか？　生きていれば、父が命の次に好きであった酒を酌み交わしながら聞きたいものである。

兄が大学に入ったのを機に、酒を断ったばかりに命を落としてしまった父。あなたの好きだった焼酎は、今や、お酒の王様とまではいかなくとも、しっかり陽の目を見てますぞ!!　生きておれば、父親も夢の暖簾を店先にぶら下げて、好きな商いできたのに……。

父親が死んだ翌日、想い出深い、平和台球場に行くことになる。ボクの通っていた福岡工業高校が、夏の全国野球選手権福岡県予選の準々決勝まで駒を進めたのである。だが、相手は、中学時代、少しはともに汗を流したあのH君（この年、福岡県代表で夏の甲子園に出場、秋の国体では下関商業の池永と投げ合い優勝）を擁する博多工業高校。

授業中にいつも、糸のほつれた硬球を、あたかも宝のごとく縫い続けながらも、成績の良かったS君。博多の街で、女子高生と遊んだことを面白おかしく話していたG君。彼らの活躍も実を結ばず、球場を後にする。

金もない、物のない貧しい一少年に、とてつもない大きなロマンを与え続けてくれた

「夢の劇場」、ボクにとって平和台球場最後の日であった。高校生のプレーする姿を目で追いながらも、なぜか、あの西鉄ライオンズの選手の雄姿が……。スタンドに目を移せば、熱狂的なライオンズファンの熱い応援ぶりが見えてきたのを、今でもはっきりと憶えている。

電停までの坂道には、いつものようにラムネ屋が店を出していた。機嫌が良い時に、父が景気よく抜くラムネの音も、もう聞くことができない。父親にとっては生計の場であったあの坂道。今ごろあの世でどんな坂道を歩いているのであろうか……。

■

博多のデコボコ道がスマートになっていくのも、この前後の年である。雨が降ればぬかるみとなり、晴天が続けば干からびる。人が生きることが、何であるか、至極単純明快に道は教えてくれる。

土台を麻痺させれば、すべてが狂ってくる。というより思考の形態が逆になってくるのである。アスファルトジャングルにすることで、人は皆、頭の思考に切り替わっていった。考えれば考えるほど、人は迷想し続けていったではないか。土を隠蔽し、一枚のアスファルトを仕掛けることによって、皮膚感覚を狂わせた者が誰であるか、それは自明の理である。

ボクの生き方を決定してしまったといっても過言ではない「末広長屋」も、博多駅移転という名目で、アスファルトの下に、永久に封じ込められてしまった。ある者は移転料をしっかりと受け取り、恵比寿顔で新興住宅街に引っ越し、ある者は新博多駅完成後の土地の繁栄を予測しながら、自分の所有地をうまく転がしていた。ある者は終戦後、二束三文同然の家、土地を買い損ね、どうしたら良いものか思案に暮れていた。ボクの家もこのクチであった。「あの時、買っていればよかったのに!」、何度この台詞を聞かされたであろうか。人生、ほとんどがそうである。「あの時……していれば」。

十五年間、バラック小屋の家ではあったが、いろんなことを教えてくれた末広長屋、ガラの広っぱとオサラバする時がきた。ボクにとって守護神であった、西鉄ライオンズ球団旗。大下、稲尾、中西、豊田、高倉、関口、和田、仰木、河野、そしてレギュラーではなかったが田中久寿男、彼らの薄茶色に染まった写真を取り外す。

思えば、これらの写真を前にして、勉強そっちのけで、自作のゲルマニウムラジオに夢中になったものだ。ラジオから流れてくる実況放送に一喜一憂し、ライオンズが負けた時なんぞは、腹の虫が収まらず、家のオンボロ障子をよく蹴破ったものだ。家の障子には、ライオンズの敗戦の記録が印されている。写真の横の壁には、力強く「必勝・西鉄ライオンズ」と彫り込んである。確か小学生の時のものであろう。

ライオンズがあったからこそ、とてつもなく魅力的な強さがあったからこそ、どんなに空腹であっても、耐えることができた。家の隅々には、さまざまな顔をした西鉄ライオンズがあちこちに住みついていた。破れた襖には、「水爆打線爆発！　中西サヨナラホームラン！」と書かれたスポーツ新聞が貼られ、天井にはあの天才打者・大下弘の華麗なるバッティングフォームの写真。いつ壊れるか心配しながら入っていた便所には、神様・仏様・稲尾様の写真を奉り、その日のウンを願っていた次第である。

末広長屋終焉の年は、同じく西鉄ライオンズ終幕劇のプロローグでもあった。三原監督退団、西鉄ライオンズの親会社である西日本鉄道の経営危機！　この年、高校入学。

■

福岡工業高校、機械科。何でまた機械科なんだろう。選んだ理由がはっきりしない。人並みに、考えたのであろうか？　技術を身につけて、将来は、日立製作所か松下電器（現・パナソニック）に入社し、一日も早く父母を楽にしてあげねばと……。

本心は、どこでもよかったのかもしれない。心は早、東京に飛んでいたのである。高校三年間は、すべてが、東京行きの準備期間であった。

今、高校で学んだ機械に関する技術は、全くもって憶えていない。記憶していることは、失敗したことばかりである。旋盤で電気スタンドを作る時なんぞは、鉄材を削りすぎ、材料がなくなる始末。それでは点数がもらえない。こっそり、ひっそり工場裏に忍び込み、他人の作品を拝借し、及第点をもらった次第である。

とにかく、機械と名の付くものに縁がなかったのである。当時、卒業するために何かと手助けしてくれたK君には、本当に感謝している。彼がいなければ永遠に高校を卒業できなかったかもしれない。

では三年間、一体何をしていたか？　映画を観続け、猛烈に働き、そして、我が心のライオンズの行く末を心配していたのである。昭和三十三年、奇跡の逆転優勝を最後に、翌年、三原監督退団、中西、稲尾、豊田を中心に再起を図るが、そうはうまくはいかない。ちょうど、全盛期を過ぎる時期にぶつかったのである。

不安なライオンズを横目に、「映画研究部」なるものに入部。吠えないライオンに苛立ち、そのエネルギーを真っ白なスクリーンにぶつけたかったのかもしれない。

そのころ、ちょうど、ＡＴＧ（アートシアターギルド）なる配給会社ができた時でもあった。外国で陽の目を見ない名画を日本で上映する運動体的なもので、ベルイマン『処女の泉』を観た時の新鮮な驚き、映画を調理して食べる方法を知り始めた時でもあった。

平面体である白いスクリーンの背後に仕組まれている数々のパズルを解く楽しみ。俳優なるものの人生を読み取る方法。監督の視点。映画が、ただ単なる娯楽の王者としてあるのではなく、自分自身の生き方までをも変えてしまうのではないか？　無骨な頭が、ようやく動き始めたのである。

映研部なるものをフルに活用した。それまでは娯楽の王者であった映画界も、新しく進出してきた電気紙芝居「テレビ」やその他の娯楽に客を奪われつつあった。少しのお金で、より多くの映画を観ようとしていたボクは、そこのところに目をつけたのである。

まだまだヤクザ者の多かった興行主のところに、毎日のごとく映画談義。時には、低迷する西鉄ライオンズの現状分析などなど。そのうちに顔見知りになり、フリーパス。もちろん入場無料である。

当然のことながら、入場無料の映画には、それなりの見返りを要求される。高校生の映画離れに歯止めをかけることを興行主に頼まれる。「小さな親切、大きな見返り」である。

当時、博多にはこれも大層な名ばかりであった「福岡市高校映画連盟」なるものがあり、お嬢さん学校映研部のサロンであった。定期会合なるものに初めて出席、その場で「福岡市高校映画連盟会長」の椅子を強奪。会長の肩書きは、博多の映画館に大いに幅をきかせる。

学校が終わると連日、映画館通い。映画を観たあとは、館主と高校生入場料金の割引率についての交渉だが、ボクにも意地がある。独断と偏見による映画の見方で、気に入らない作品は丁重にお断りする。

この期間に観た映画の数は計り知れない。教育というものが存在するならば、さしずめボクにとっての学校は、博多の映画館であった。博多の十八年間、我が西鉄ライオンズが骨を創り、映画が肉を形成し、ボクが出会った数々の人たちによって熱い血を通してもらったような気がする。

映画、映画に明け暮れていた日々も、高校三年に入ると、いよいよ進路をはっきりさせねばならなくなる。日立製作所入社の夢は、もちろん自分自身がよく分かっているし、早、サラリーマンになる気なぞは、これっぽちもない。

ではどうするか。花の都・東京！　修学旅行で見た東京は、とてつもなくエネルギッシュに見えた。憧れなんぞではない。東京タワーの上から眺めた数多くの屋根の下には、かつて末広長屋で体験した、あの人間臭い生活の匂いがある！

■

東京行きを決心したからには、それなりの資金が必要となる。日々の生活は、東京の新聞配売所に住み込めば何とかなる。博多で九年間お世話になった馬場新聞店が紹介してくれるというし、問題はない。

思えば、九年間の新聞配達の日々は楽しかった。小学校三年の時、兄の手伝いをしたのが最初である。早朝五時に起床、まだ暗い街中を、肩から重い新聞を抱えて走り、配達する家々を教えてもらう。配達する家庭の名前を書き込んだ「順路帳」なるものに、曲り角、家の目印などを、自分が一目で分かるように書き込んでいく。恐い犬がいる家は猛犬マーク、なかなか新聞が入らない家には難マーク、優しいおばさんの家には二重丸マーク、自分なりに記号を創り出し、帳面に書き込んでいく。二日間ばかり兄にコーチしてもらうと、あとは、自分の記号を頼りに、一人前になってゆく。

九年間という歳月は長い。今でこそ新聞休刊日なるものができたが、当時は年中無休である。テレビもあまりなかったころ、新聞が大いに顔をきかせた時代でもあった。ボクら新聞少年は、さしずめ文化の最前線に位置していたといっても過言ではない。我々の配達する新聞によって一日が始まるのである。

また、そういうふうに言い聞かせることによって、まだ眠たくてしようがない小さな身体、床から引きずり起こしたことも確かだが……。しかし何よりも、前日の西鉄ライオンズの活躍を、大きな見出し、写真で、誰よりも早く見られるということは、最高の幸福であった。

九年間、いろいろなところを配達した。最初（小学生時代）の三年間は、自分の住んでいた近辺。まだ暗い街は、別世界であった。昼間の喧噪がまるで嘘のようであり、暗闇から徐々に浮かび上がるいつもの街並みが、非常に新鮮であった。一日の始まりに、日々、立ち会える喜びを、無意識に感じたのかもしれない。

中学生になると、中洲に近い馬場新聞店本店に移る。九州一の繁華街を配達できると思うと、胸がワクワク。ところがどっこい、最初の一年間は、中洲に遠い下町。最初はガッカリしたが、月日が経つうちに好きになる。当時、ドサ回り芝居一座にとっての晴れの舞台であった「大博劇場」。芝居のシの字も知らなかったボクは、役者衆のオドロオドロの絵看板、写真に、何かしら不思議さと懐かしさを感じたものだ。

この大博劇場から長く延びた一本の道には、さまざまな店が軒を並べていた。その中に無気味な店が一軒、三味線屋である。まだ夜が明けぬころ、その三味線屋にいつも、数人の男たちが出入りしているのである。その男たち、揃いも揃って皆黒装束。店を出る時には、何やらハリガネみたいなものと、大きな袋を持ち、帰ってくる時には、重たそうな袋をぶら下げて、店の中に入っていく。

そのころ、それを目撃しているのは、新聞配達少年のボクぐらい。不思議に思い、同級生にその話をすると、何と何と！　その三味線屋は、人気がない時に猫狩りをし、その皮で三味線を作り、あまりは肉屋に卸すそうな。まだまだある。骨は、博多ラーメンのあの美味しいスープの出汁にするとのこと。嘘か真実か知らぬが、ビックリ仰天大仰天！

ちょうど、その三味線屋、配達区域の愛読者。その後、注意深く家の気配を観察するが、犬の鳴き声は二、三度耳にするものの、猫の悲鳴は一度も聞かずじまい。一体、あの店は何だったのであろうか？

その大通りから何本もの小路があり、そこには、博多の目覚ましく発展する顔と、全く違う顔があった。夕刊を配達する時間になると、子供が泣きながら母親を追う光景にぶつかる。厚化粧した母親は、今日も、いずこの街角に立つのであろう。

二年目になると、いよいよ中洲の繁華街を任される。我が心のライオンズ、この年、またしても優勝を逃すが、前々年の奇跡の逆転優勝の余波は、この街にまだ残っていた。博多の人間特有の負けん気の強さで、「まあ、西鉄ばっかし勝ちよったら、他の球団に悪かろうわ。たまには負けんと、面白なか……」。街で飲む人たちの会話には、まだまだ十分に余裕があったのだが……。

そのころから、狭い我が家を離れて、新聞配売店の屋根裏部屋に寝起きする日々が続く。徒歩五分で行ける、赤い灯、青い灯の大繁華街は魅力的であった。中洲の河畔に並ぶ数多くの夜店は、いつまで見てても飽きない。釣れれば、その場で調理してくれるウナギ釣り、金魚すくい、ボンボン釣り、綿菓子屋、カルメラ屋、お好み焼屋などなど。

そして何より面白いのは、そこに集まる人たちの粋な会話。もちろん、我が心のライオンズの話題は、当然のごとく出てくる。この年、西鉄ライオンズを退団した三原監督が、セントラルリーグの万年最下位チーム「大洋ホエールズ」を日本一にしただけに、その口惜しさたるや、最たるものであった。

中洲の川向こうにあった春吉もまた、興味尽きない街であった。昭和三十三年四月、売春禁止法が制定されたあとも、この街路は、数多い娼婦にとって生活の場であった。

見知らぬ男と寝ることによって、お金を手にする女性とは？　誰しもキッチリと教えてくれないお姐さんたちの正体は？　十四歳の少年は自ら現場に行くしかない。丸坊主の頭を気にしながらも夜ごと、現場検証に励んだものである。

常連になると、さすがにお姐さんたちも気を許してくれる。まるで実の弟のごとく接してくれた彼女たちの澄んだ瞳が忘れられない。娼婦であることだけで差別する、良家のお嬢様、ご婦人連中の建前だけの人生よりも、ずっとずっと本音で彼女たちは生きている。どこかの誰かさんみたいに、お説教ぽい、立派なことは喋らない。がしかし、彼女たちの顔には、さまざまなモノが数多く隠されていた。ボクにとっては、とても刺激的であり、想像力を掻き立てられる存在であった。

M子さん、ボクが一番可愛がってもらったお姐さんである。雨が降る日、お客も取れず暇だったのか、ブラブラ歩いていたボクを家の中に入れてくれたのが最初であった。家の中に入りまず感激したのは、西鉄ライオンズの選手たちのサイン入りの色紙と、稲尾選手の写真を飾ってあったことだ。彼女、稲尾の大ファンであった。写真の前には、果物、花が供えられている。その前で彼女、朝晩、手を合わせているそうな。ボクも思わず合掌！神様・仏様・稲尾様は、やっぱり本当だったのだ。

それからは意気投合。ライオンズ想い出のシーンを何度話したことか。彼女にとって、日々の安らぎは、我が心のライオンズであったのかもしれない。

「大浜」、この街も想い出深い娼婦の住む街であった。博多港（築港）のすぐ近くでもあり、昔懐かしい香りが漂う港町であった。この街を配達した期間は短かったが、生活感溢れる住民と接する日々は、楽しい想い出ばかりだ。小便臭い映画館を中心に、昔風の遊郭が、ずらりと勢揃い。さぞかし、全盛期は風情があったであろう。

でもその財産は、きっちりお姐さんたちが受け継いでいた。春吉の混成部隊と違って、遊郭道なるものが守られていたせいであろうか。夕刊を配達するころに、お姐さんたち全員で店前の道路を清掃、水をまく姿が何とも色っぽい。その後、女将さんの訓話。配達する時にちょいと耳を傾ける。女将さんの昔話から始まって、接客態度、職業婦人としての誇りなど、花嫁修業に匹敵するくらいの内容だ。そして何よりも、湿っぽくないのがいい。

ここを配達している時は、なぜかこちらまで背筋がシャッキリする感じ、大変気持ちがよかった。朝刊を配達する時間、薄靄が立ち込める大浜遊郭街は、なぜか猥雑なるものが濾過され、透明感溢れる素敵な感じがしたものだ。高度成長社会、日本の徒花《あだばな》であったかもしれない、彼女たちの粋な魂が、毎朝、大浜の遊郭街を浮遊していたに違いない……。

東京行きの資金は、新聞配達だけではなかなか集まらず、中洲の氷配達を始めることになる。場所柄ほとんどが水商売である。当時、電気冷蔵庫はまだまだ高嶺の花。氷冷蔵庫が幅をきかせていた時代である。氷なくしては商売にならず、氷配達少年は、その恩恵を十分に受けていた。

中でも特にチップをはずむ店があった。東映時代劇映画のお姫様女優であった花園ひろみによく似た、ぽっちゃりとした素敵なお姐さんの店である。お金を支払う時に、きっちりと手を握り、ハスキーな声を出しながら、いつも余分にくれるのである。

一カ月ばかり経ったころであろうか。そのお姐さんに「ちょっと、休んでいかんね」と言われ、二階の部屋に通される。

いつもは薄暗い店内でしか見たことがなかったお姐さんの顔。この時ばかりは、びっくり仰天。思わず「あッ!」である。何とうっすらと青髭があるではないか。といって、これまでの心温まる親切を無下にはできない。お姐さん、いや、おかまさんの世間話に相槌を打ち、何とか時間を稼ぐが、とうとう来るべき時が訪れる。

ういういしい（？）少年の肉体は、おかまさんにとっては最良の獲物であったに違いない。きたきた、遂にきた。上半身は、まだこれまでのチップの額で我慢に我慢。ボクが気持ちよくなっていると思ったのか、その手は最後の砦へ……。ボクにも男の意地がある。「いい加減にせんね。オレは男ばい！」。そしたら相手はこう言った。「うちは女よ、女の気持ち分からんとね。あんた好いとうけん、こげんことしよるとよ！」。その真剣な眼差しに一瞬、ヨロヨロと見知らぬあの世界に踏み込もうとするが、正常なる振り子はきちんともとの位置に戻ってきたらしい。

その数カ月後、おかまさんの店は閉店。近所の噂話では、好きな男を追いかけて、花の都・東京に行ったらしい。それにしても、あの真剣な眼差しは、重くて冷たい氷をも溶かしかねない熱さであった。彼女（彼）もまた、西鉄ライオンズの熱心なファンであり、店内には何枚もの、ライオンズの伊達男・田中久寿男外野手の写真が飾ってあった。

資金稼ぎの締めくくりは、玄界灘の寒風吹きすさぶ中での土方仕事。博多の街も他の都会と同じく、マンションなる洒落た建物が、次から次へと建てられていた。志賀島、能古島《のこのしま》が一望に見渡すことのできる博多湾沿いは、特に人気の的。高いところでの仕事は危険であったが、ついつい高率のお金に釣られて引き受ける。

二カ月間、夕闇迫る建築現場から見える、他人の家の夕餉、次から次へと点される灯が、何と温かく感じられたことか……。流れ者の日雇い人夫さんたちに交じって、ボクもずいぶんと頑張った。というより、わけありの人夫さんたちの、熱い励ましの言葉があったからこそだと思っている。

中でも刑務所から出てきたばかりのMさんには本当にお世話になった。仕事最後の日には、彼のアパートで一足先に、東京行きの壮行会。三畳一間の部屋にリンゴ箱が一つ、その上に酒とジュースと、彼の手による鯛の刺身。彼の本職は板前さん、酒が入ると、身の上話をしてくれた。

東京の人で、猛烈なる西鉄ライオンズファン。ある日、これまた熱狂的な巨人ファンと野球のことで大喧嘩、相手方のあまりにひどいライオンズの悪口雑言に腹を立て、商売道具の刺身包丁でブスリ！　瀕死の重傷を負わせて刑務所入り。刑期を終え、西鉄ライオンズの本拠地・博多の街に流れてきたそうだ。仕事を終え、平和台球場に行くことが唯一の楽しみであり、自分の人生までも変えてしまった、ライオンズと心中する覚悟である、とも言い切っていた。

あの日あの時、西鉄ライオンズ身売りの知らせを、彼はどんな気持ちで聞いたであろうか……。

■

父の死の翌年、昭和四十年三月、長年住み慣れた博多の街を離れることになった。人の往来が非常によく似合っていた旧博多駅には、ボクの東京行きを見送るため、多くの友人、家族が来てくれた。

当時、九州から東京に行くのは大変なことであった。博多から東京まで夜行で十九時間半。その長旅の門出に相応しい旧博多駅。蒸気機関車に、黒ずんだ木造の駅舎。期待と不安、絶望と挫折が、駅構内を行ったり来たり。その人たちの動向を見てるだけで、十分にドラマチックである。もちろん、ボクもその一人であったが……。

博多駅の周辺は、新博多駅建設に向けて、あちこちでけたたましい工事の地響き。ボクにとってホームベースでもあった、あの末広長屋も、大部分取り壊されていた。野球にホームベースがなければ成立しないように、末広長屋なくして、ボクの博多の十八年間は成立しなかったような気がする。

夜が更ける駅のホームから垣間見える博多の街の灯……。夏の暑い盛りに、五円玉を手にして買いにいったアイスキャンディー屋。曲がりくねった薄暗い通路を恐る恐る歩きながら、流行のお菓子を買いにいった駄菓子屋。末広長屋の悪ガキと、チンチンの毛の生え具合を確認する場でもあった風呂屋の煙突。そして、我が心のライオンズの夢を育んでくれた、ガラの広っぱ。

東京
さらば博多

いよいよ、別れ、いや出発のベルの音が鳴り響く。もう二度と、この旧博多駅に降り立つことはないであろう。

さらば、博多。さらば、末広長屋。さらば、平和台球場……。

いつまでもいつまでも手を振り続けてくれる友人、家族。人生に旅立ちというものがあるとすれば、この時のあの瞬間こそ、ボクの唯一の旅立ちであった。まるで走馬灯のごとく、十八年の博多の日々が、一瞬のうちに頭の中を駆けめぐる。

九年間という長い月日、ボクの生活費、学費を捻出し、体力を養ってくれた馬場新聞店。寒風吹きすさぶ中、ともに汗を流した土方衆。春吉、そして築港の娼婦のお姐さん。夏の暑いさなか、氷配達に精を出した仲間たち。夏、冬と郵便配達のバイトでお世話になった郵便局の皆さん。おきゅうと売りで発声の何たるものかを教わった、おきゅうと屋の親爺さん。さまざまな人間、末広長屋の面々。映画の素晴らしさを教えてくれた宝劇場。そして、我が心のライオンズ。

一番、センター高倉。二番、ショート豊田。三番、サード中西。四番、ライト大下。五番、レフト関口。六番、ファースト河野。七番、セカンド仰木。八番、キャッチャー和田。九番、ピッチャー稲尾……。

西鉄ライオンズの勇士たちが、平和台球場の大観衆の声援に送られて、何度も何度も、ボクのホームベースを駆け抜けていく……。

ボクの血肉となり、背骨をきっちりと通してくれた博多の街が、顔が、見るみるうちに遠ざかる、漆黒の彼方に……。

あとがき

平成二十三年三月十一日を境に、国の在り方、人の生き方を含め、人間の根源的なものを突きつけられたような気がする。世の中は利便性を追求するあまり、大切な心の風景を失った。荒廃した風景に蝕まれた心身からは、何も生まれてはこない。

ボクが少年時代を過ごした昭和三十年代前後は、貧しくても、街のあちこちに心を満たしてくれる人、風景が存在していた。そこからいろんなものを学び、人としての骨格を形成してくれた気がする。

この本に登場する人物は皆、活きいきとした体温を蓄えている。その体温を感じながらボクもまた、夢とロマンと冒険心という三種の神器を手に入れた。

この困難な時代を乗り越えるキーワードは、やはり人の心の在り方であり、他人を思いやる体温の温かさであると思う。

以前、スペインのアンダルシア地方サロブレーニャに暮らし、そのあまりにも人間的な営みに共感し、『変わるな！ スペイン』という本を出版した。今この状況の中、「変われ！ ニッポン」とメッセージを込めて今回の出版に至った。
最後に、このエッセイを連載してくれた福間健二さん、福間恵子さん、三年前に亡くなった中村信昭さんに感謝したい。また、いろんなアドバイスをくれた長年の友人・谷関史夫君ありがとう。もちろん、今回出版をして頂いた海鳥社の西俊明社長、編集の田島卓さん、本当にありがとうございました。

平成二十四年一月

岡田　潔

岡田　潔（おかだ・きよし）
1946年，博多生まれ。福岡工業高校，明治大学卒業後，演劇群「走狗」にて演劇活動。その後10年間，世界を放浪。スペインに魅せられ３年間居住。帰国後，演劇企画制作会社トム・プロジェクトを立ち上げ，17年間に65本の創作劇をプロデュースし日本・世界各地で公演。2008年度には，第43回紀伊國屋演劇賞団体賞を受賞。著書に『変わるな！　スペイン』（雀社，1991年）。趣味は，人間観察，ジャズなど多数。極真空手の黒帯でもある。

本書は，福間健二・福間恵子氏発行「ジライヤ」及び中村信昭氏発行「鷽」に掲載された文章を編集し，加筆・訂正したものである。
また，挿画はすべて著者本人による。

我《わ》が心《こころ》の博多《はかた》，そして西鉄《にしてつ》ライオンズ

■

2012年２月１日　第１刷発行

■

著　者　岡田　潔
発行者　西　俊明
発行所　有限会社海鳥社
〒810-0072　福岡市中央区長浜３丁目１番16号
電話092(771)0132　FAX092(771)2546
印刷・製本　有限会社九州コンピュータ印刷
ISBN978-4-87415-843-2
http://www.kaichosha-f.co.jp
［定価は表紙カバーに表示］
JASRAC 出 1200166-201